딱
좋은 날

농 부 라 고   소 문 난   화 가 의   슬 로   퀵 퀵   농 촌   라 이 프

뚝딱
좋은 날

글 · 그림
강석문

1. 봄이 오니, 시작하기 딱 좋다

2. 여름이 오니, 한눈팔기 딱 좋다

3. 가을이 오니, 나누기 딱 좋다

4. 겨울이 오니, 꿈꾸기 딱 좋다

저자 후기

봄이 오니,
시작하기 딱 좋다

씨앗과 모종

풍기 장날이다.

더 늦기 전에 토마토와 고추 모종을 사서 심으려면 아침부터 부산하게 움직여야 한다. 이웃집들은 이미 다 심어 모종들이 제자리를 잡고 벌써 꽃까지 피우고 있건만 팔도 봄꽃 놀이에 빠져, 그리고 고쳐지지 않는 악병 '게으름병' 탓에 이제야 부산을 떤다. 오늘따라 까치들이 떼로 몰려와 감나무에서 시끄럽게 울어대더니, 끈 풀린 우리 집 똥강아지 놈들은 쪽파 밭과 상추 심어놓은 데를 쑥대밭으로 만들어놓았다. 그놈들 잡느라 아침부터 땀 빼고 겨우 출발하려고 트럭에 시동을 거니 묵묵부답. 확인해보니 배터리가 방전되었다. 이래저래 가는 날이 장날이다.

어렵사리 차를 고치고 서둘러 장터로 향했다.

아침 9시도 안 됐는데 시장은 벌써 사람들로 가득하다. 모종 파는 곳에 사람들이 왁자지껄한 걸 보니 모종 심는 시기가 아주 늦지는 않은 것 같아 한시름 놓는다. 사람들 틈에 끼어들어 촘촘히 늘어선 채 새 주인을 기다리는 모종들을 살펴보니 영 시원치 않은 것 같다. 튼실한 놈들은 이미 다 팔려 나갔나 보다.

한 해 농사의 성패는 씨앗과 모종에 달려 있는데 내 게으름의 대가를 치르는 것 같아 가슴이 두근두근하다. 위쪽 모종 파는 곳도 살펴볼 생각으로 빠른 걸음으로 자리를 옮기는데 길가 후미진 구석에 외로이 쪼그리고 앉아 계시는 할머니와 눈이 마주쳤다. 앞쪽에 오늘 팔 거리들을 펼쳐놓으셨지만 별것 아닌 것 같아 곁눈질만 하고 지나치는데 할머니께서 "총각!" 하고 나를 부르신다. 못 들은 척하며 재빠르게 지나치려는데 또 "총각!" 하고 부르셔서 죄송스러운 마음에 할머니 좌판으로 되돌아갔다.

할머니는 머리에 수건을 둘러쓰고 계셨는데 수건 틈새로 고운 백발이 조금 흘러내렸고 얼굴빛은 가무잡잡해도 윤기가 났으며 내 첫사랑 소녀처럼 깊은 눈을 가진 분이었다.

바닥에 깔아놓은 고운 보자기엔 씨앗들이 조금 있었는데, 아주 귀한 씨앗이니 한번 심어보라고 나에게 권하셨다. 하나도 못 파신 것 같아 걱정도 되고 그냥 지나치자니 마음이 불편해 뭔지는 모르지만 조금 달라고 했더니 씨앗 두 개만 사 가라고 하신다. 대수롭지 않게 2천 원을 드리고 씨앗을 바지 뒷주머니에 넣은 후, 위쪽 모종 파는 집에서 필요한 모종을 사 가지고 돌아와 열심히 심었다.

며칠 뒤 뒷주머니에 넣어두고 깜빡한 할머니의 씨앗 두 개를 자투리땅에 심었다.

그런데 이게 웬일인가!

씨앗은 놀랍게도 하룻밤 만에 잭의 콩나무처럼 무럭무럭 자랐다. 한 씨앗에서는 심자마자 열매가 주렁주렁 열렸다. 나무에 매실·살구·자두·복숭아·사과·배가 주렁주렁 차례대로 열렸다. 대풍년이다.

다른 씨앗 하나에서도 싹이 났다. 분명 씨앗 하나를 심었음에도 불구하고 주변에 누군가 온통 씨를 뿌린 것처럼 줄기가 가지런히 뻗어나갔다. 금세 꽃이 피더니 검은콩·메주콩·팥이 열렸고, 줄기와 줄기 사이론 오이·고추·호박·토마토·참깨·들깨·옥수수들이 조랑조랑 열렸으며, 뿌리에선 땅콩·마·당근·고구마가 알아서 착착 달렸다. 내가 올해 계획한 농작물들이 다 열렸다.

잡초들을 뽑을 필요도 없다. 알아서 풍작이니 오직 내가 한 일은 얼마 전 알게 된 이영조 선생님의 관현악곡 〈섬집아기 환상곡〉을 들려준 것뿐이다. 씨앗들도 좋아하고, 나도 노랫소리를 들으며 나무 밑 평상에서 팔 베고 스르르 낮잠이 드니 이보다 더 좋은 삶이 어디 있겠는가!

백발의 씨앗 할머니는 아마 돌아가신 울 엄마였나 보다. 봄여름 내내 김매는 아들놈 불쌍하다고 잠시 하늘에서 내려와 큰 선물을 주셨나 보다.

투둑투둑 투누둑!

밤비 소리 요란하게도 창문을 두들긴다.

오늘 밤 이 비에 잡초들이 또 얼마나 무럭무럭 자랐을까?

"아이구야! 내일 당근 밭 김매려면 죽어나것다."

궁상떨지 말고 일찍 발 닦고 자야겠다.

뜨거운 나라 사랑

가느다란 실눈 사이로 들어오는 짙은 푸른빛이 몽롱하다. 창문을 보니 아직 날 밝으려면 한참이나 먼 것 같다. 아까운 꿈나라 시간 빼앗길세라 또 눈을 감아보았지만 더 이상 참을 수가 없었다. 어젯밤 너무 더워 맥주 한 캔을 마시고 잤더니 오줌보가 터지려고 한다. 5월 말인데 벌써 30도가 넘는 날의 연속이었고 낮에 텃밭 김매느라 땀을 많이 흘려 물도 많이 마신 상태였다.

터질락 말락 한 오줌보를 꽉 잡고 '빤스' 바람에 맨발로 뛰어나와 마당 끝 아무 곳에서 볼일을 봤다. 하마터면 여덟 살 학교에서 바지에 오줌 싼 이후 나의 오줌싸개 기록을 갈아치울 뻔했다.

나는 밭에다가 오줌을 싼다.

나름 규칙이 있어 아무 곳에서나 볼일을 보지 않는데 오늘은 너무 급해 꽃밭에서 해결했다. 뭐 규칙이라고 해봐야 거창한 것은 아니다. 나름 구역을 정해 돌아가면서 볼일을 본다. 한 곳에 너무 집중적으로 누면 냄새도 심하고 이왕 누는 것 올림픽 종목처럼 목표물과 거리를 정해 표적을 맞히고 목표선 넘기기를 한다. 나만의 사는 재미이다.

시골살이 좋은 점 중 하나는, 남자인 경우 아무 곳에나 볼일을 보면 된다는 것이다.

주변엔 개구리, 나비, 벌, 하루살이, 비둘기처럼 입 무거운 것들뿐이니 소문날 걱정은 없다. 옆 밭 아저씨, 아줌마는 밭일하느라 여념이 없고 또 옆 밭이라고는 해도 꽤 거리가 떨어져 있으니 까놓고 볼일 좀 본다고 해서 풍기문란 죄로 끌려갈 일은 없을 것이다.

그리고 일하다 똥 마려워도 서울에서처럼 화장실 찾아 삼만 리 할 필요 없다. 친구에게 배운 '야외에서 똥 처리법'을 써먹으면 된다. 용변 후 부드러운 명아주 잎으로 쓰윽 닦고 흙과 풀로 덮어 흔적을 남기지 않으면 된다. 어릴 적 시냇가에서 멱 감을 때 몇 번 유용하게 써먹은 적이 있다.

오줌을 밖에서 누다 보니 재미있는 일도 있었다.

하루는 마당에서 양손으로 뽑아도 뽑히지 않던 뿌리 깊은 큰 바랭이를 목표물로 정한 후 정확히 맞히는 훌륭한 사격술을 선보였는데, 그 풀 근처에서 뭔가 꿈틀거리는 것을 느꼈다. 잠시 후 풀숲 사이로 엉금엉금 청개구리가 기어 나왔다. 새벽부터 독한 물벼락을 맞았으니 개구리도 잠이 안 깰 수가 없었을 것이다. 참 미안했다. 나한테 인상 한번 팍 쓰고 슬금슬금 이슬 목욕하러 저쪽 풀숲으로 들어간다. 다음엔 눈 크게 뜨고 볼일을 봐야겠다.

이처럼 새벽부터 야단스러운 나의 일과는 작년부터 시작되었다.
서울 사람들이야 강변북로, 올림픽대로 너머 언제나 찰랑거리는 한강과, 틀기만 하면 언제든 뜨거운 물, 찬물 펑펑 나오는 수도꼭지가 있으니 물 부족에 대해 별 생각이 없을 것이다.
최근 몇 년간 지방 뉴스에 단골로 등장하는 광경은 물이 끊어진 동네에 소방차로 물을 나르는 모습, 쩍쩍 갈라진 저수지 흙바닥을 기자가 손으로 비비고 있는 모습이다. 진짜 어마어마하게 큰 가뭄 피해가 오면 지방의 이 뉴스가 전국방송 뉴스로 짤막하게 소개되기도 하는데 이미 그 지역에선 농작물이 다 타들어가 한 해 농사를 망친 상태다.
우리 집도 작년 여름 가뭄에 물이 말랐다. 난생 처음 우물 바닥을 보았다. 생명력 질긴 질경이가 비비 돌아가 죽을 정도이니 밭작물들도 이미 초죽음 상태였다. 봄에 흘린 땀이 모두 헛수고였다.

우리 집 우물물을 양수기로 푸면 예전에는 한 시간 이상 나왔는데 최근에는 10분에서 5분 정도 나온다. 날이 갈수록 점점 시간이 줄어들어 조만간 아예 나오지 않는 날도 있을 것이다. 우물의 깊이가 10미터 정도 되는데 마른 우물 바닥을 보니 아프리카 관련 다큐에서나 볼 법한 하얀 거품 물이 부글부글 거린다. 물 부족의 심각성을 눈으로 직접 보니 정신이 번쩍 들었다.

볼일 한 번 보고 그보다 많은 양의 깨끗한 수돗물을 함께 흘려보내는 것이 아깝기도 하고, 물 부족 국가의 국민으로서 작은 것부터 실천하자는 생각에서 나는 밭에다 볼일을 보기 시작했다. 그리고 세숫물도 대야에 받아서 쓰기 시작했다. 가끔 놀러 가는 지인들 집에도 대부분 밭이 달려 있다. 거기서도 슬며시 밭에 나가 몰래 쉬하고 온다. 그 댁 주인님들 후각이 둔하길 바란다.

변기 물 한 번 내리는 데 약 13리터의 물이 사용된다고 한다. 하루 평균 예닐곱 번 정도 볼일을 보니 나는 깨끗한 물 100리터를 아끼는 것이다. 이게 365일 쌓이면 엄청난 양의 물을 아끼는 것이다. 아버지께서도 요강으로 볼일을 보시니 우리 집은 하루에 200리터는 기본으로 아끼고 있다. 유난스럽다고 할 수도 있지만 자연이 주는 자원은 아끼는 것이 최선의 방법이다.

큰일도 밭에서 해결하면 좋겠지만 아직은 불량식품을 너무 좋아해 거름용으론 사용이 불가능하다. 불량식품이 맛없어지고 내 입맛이 자연식으로 바뀌면 큰일도 실천할 생각인데, 이건 식구들과 논의해봐야겠다.

오늘 아침엔 개망초를 조준했다. 내일은 그 뒤에 있는 돌멩이가 목표다.
이것이 나의 나라사랑.

난감한 상황

열심히 밭 설거지를 하고 들어와 뜨끈뜨끈한 물에 몸을 씻었다.
하루의 피로가 싹 가신다. 샤워 후 간만에 예쁜 제자들이 선물한
로션을 얼굴에 찍어 바르고 목에 향수도 뿌렸다. 기분이 날아갈 것 같다.
그런데 문득 옆구리에서 때가 밀린다! 자꾸 밀린다.
아휴! 어떡하지?

부자가 되는 길

    초봄 과수원엔 호두나무 50주를 심고 마당엔 조팝나무 15주, 장미 조팝나무 10주, 죽단화 10주, 장미 2주, 화살나무 1주, 닥나무 10주, 할미꽃 한 다발, 붓꽃 한 다발, 꽃잔디 잔뜩 그리고 그 외 일년초를 잔뜩 심었다. 꽃이 이미 핀 것도 있고 앞으로 예쁜 꽃을 뽐낼 준비를 하는 것도 있다. 땀을 뻘뻘 흘리며 땅을 파고 심고를 삼 일 동안 했는데 하나도 힘들지 않았다.

    살면서 부러운 집들이 가끔 있는데 책이 가득한 집과 꽃이 있는 집이다.

    어릴 적 어른이 되면 책이 가득하고 꽃이 가득한 예쁜 집에서 사는 게 소원이었는데, 조금씩 이뤄지는 것 같아 기분이 좋다.

    봄이 깊어가면 꽃이 필 것이다. 그러면 나비님과 벌님들이 올 것이고 새 손님들도 집으로 날아올 것이다. 잘되는 집엔 손님들이 항상 넘쳐 난다. 조만간 나는 큰 부자가 될 것 같다. 하하하하하! 웃음이 막 나온다. 어서어서 꽃들이 예쁘게 피었으면 좋겠다.

나는 생각보다 짠돌이다. 속내를 털어놓자면 돈벌이에 젬병이다. 항상 주머니에 돈이 넉넉지 않아 최대한 돈을 아껴 써야 하고 아껴 쓴다.

하지만 돈을 펑펑 써도 아깝지 않은 곳이 하나 있다. 봄철 나무 사는 일과 꽃 사는 데는 꽤 많은 돈을 써도 아깝지 않다. 정성스럽게 나무를 심고 잘 가꿔 그 나무가 자라 꽃을 피우고 열매를 맺는 것을 보면 무척 행복하다. 나무는 대략 나보다 오래 사니 매년 남는 장사이다.

사실 예전엔 꽃을 사는 건 사치라고 생각했다. 그런데 잠시 독일을 여행했을 때 그곳에 살고 계신 화가 노은님 선생님께서 나에게 꽃다발을 한 아름 안겨 주셨는데 그렇게 기분이 좋을 수가 없었다. 몇 년이 지난 지금도 그때의 행복감에 빠져 있다.

나무를 보고 꽃을 보는 건 참 행복한 일인 것 같다. 그래서 난 내 그림에 꽃과 나무를 잔뜩 그린다. 누구를 위한 것도 아니고 나를 위한 그림들이다. 꽃밭 그림들 속에서 혼자 꿀벌처럼 꽃향기에 취해 신나게 논다. 가끔 신세를 지거나 선물할 일이 있으면 꽃나무 그림

을 선물하기도 한다. 꽃이 활짝 피어 있으니 받는 분도 기분 좋아
하신다.

　어느 분은 사내놈이 꽃 그림 그린다고 뭐라 그러셨는데, 그래도
좋다.

봄이 깊어가면 꽃이 필 것이다.
그러면 나비님과 벌님들이 올 것이고
새 손님들도 집으로 날아올 것이다.
잘되는 집엔 손님들이 항상 넘쳐 난다.

나에 관한 오해

내일 친조카가 결혼을 한다.

한글을 깨친 후 끼니때마다 들어왔던 아버지, 어머니의 험난하고 애처로웠던 시대가 저물고 이제 다음 세대 이야기가 시작된다. 부모님께서 지으신 자식 농사에 이어, 드디어 다음 세대 자식 농사가 시작되는 경사스런 날이다. 일곱 형제 중 막내인 내가 1997년에 결혼했으니 18년 만의 집안 잔치라 모두 들썩들썩한다. 형제들 모두 기쁜 마음으로 잔칫날을 준비하고 새 출발 하는 가족을 위해 기도한다. 어머니께서 살아 계셨으면 더 기쁜 날이었을 것이다. 아마도 깊은 제비꽃 빛 비단 치마와 따뜻한 백도라지 빛 저고리를 입으시고 예쁜 손녀와 손녀사위를 꼬옥 껴안아주셨을 것이다. 내일 하늘나라에서 가족들 모두 모인 모습을 흐뭇하게 바라보고 계실 것을 생각하니 눈물이 나다가 웃음이 난다.

아버지는 1926년 개성에서 태어나셨다. 우리 나이로 구순이 넘으셨다. 거동이 불편하지도, 치매가 있지도 않으시고 허리도 꼿꼿하시다. 가끔 낫이랑 호미의 행방에 대해 가물가물하시지만 하루 열두 번도 더 차 열쇠를 찾는 나의 건망증에 비하면 기억력도 엄청 또렷하시다. 아직도 4천 평 텃밭(?)을 손수 농사지으시며 늘 목소리 쩡쩡 울리며 생활하신다. 그리고 70대로 보일 만큼 정정하셔서 가끔 70대 초반 할아버지가 맞먹자고 하면 기분 좋아 하신다. 하지만 근래 몸무게가 점점 빠져서 이제 40kg 간신히 넘을 정도로 야위어 걱정이다.

아버지가 옛 시절에 맞춰놓은 서울 신촌양장점 양복들을 꺼내어 보았다. 이제 품이 너무 커 남의 옷처럼 보인다. 그래서 결혼식 날 입을 새 양복을 산다고 하니 한 번밖에 못 입을 옷을 뭐 하러 사냐고 노발대발하신다. 그래서 몰래 미리 사놓았다.

겉모습이야 건강해 보이지만 속은 이제 조금씩 고장이 나신 것 같다. 세상 무서울 것 없던 용감함과 평생 고장 나지 않을 것 같은 강철 몸을 지닌 아버지였지만, 이젠 차멀미에 낯선 잠자리, 화장실 문제가 걱정되어 처음엔 결혼식에 안 간다고 하셨다. 그래도 손녀딸 예쁜 모습은 꼭 보고 싶으신지 말씀도 안 하시고 조용히 목욕탕과 이발소에 다녀오셨다.

차멀미 때문에 전날 미리 기차를 타고 가시는 게 좋을 듯해서 아침부터 풍기역에 가서 표를 끊고 부산을 떨었다. 아버지도 들뜨신 것 같다. 구두를 닦아드리고 이 옷 저 옷 깨끗한 옷을 챙겨드렸더니 잠깐 사이 그 옷에 흙을 잔뜩 묻혀 오셨다. 그 옷을 입고 잠시 풀을 뽑으셨나 보다. 다시 새 옷을 꺼내드렸더니 안 입고 가신다고 한다. 처음엔 나긋하게 아버지를 말렸지만 고집을 피우셔서 점점 목소리가 커지기 시작했다. 아들의 큰소리에 그제야 챙겨놓은 옷들을 입으신다.

기차역으로 가는 동안 서울 나들이에 흥분하셔서 평소보다 말씀이 많아지신다. 얘기하는 걸 참 좋아하시는데 어떤 날엔 너무 과하시다. 혹 주위 분들께 피해를 줄까 봐 차 안에서 말씀 많이 하시지 말고 조용히 가시라고 한마디 했더니 더 흥분하신다. 나도 모르게 아버지 앞에서 목소리를 크게 내고 말았다. 기차가 떠난 후에도 걱정이 앞선다.

주위 분들은 가끔 내게 효자라고 칭찬을 해주신다. 특히 존경하는 김 선생님께서 칭찬할 때마다 낯이 화끈거리고 어디 구멍 속으로 숨고 싶다. 난 효자가 아니다. 선생님께서 오해하고 계시는 것이다.

방금 닦아놓은 집 안에 시력이 나쁜 아버지가 흙발로 저벅저벅 발자국을 찍어놓으면 아버지께 화를 내기도 한다. 그리고 식사 때마다 말씀하시는 이야기들, 가령 일제 강점기 이야기로 시작하여 부산에서 강원도 화천까지 6·25 전쟁 때 길 닦은 이야기, 아버지의 전성기였던 영등포 시절 활약상을 너무 많이 들어서 딴청을 피우거나 말을 끊거나 어서 빨리 식사 시간이 끝나기를 바란다. 이것뿐만이 아니라 너무 많아서 얘기하기가 창피하다.

무엇보다 나는 아버지를 모시고 사는 게 아니라 아버지께 얹혀 살고 있다. 18년 전 서울내기 아내와 아들을 데리고 풍기로 내려와 부모님께서 튼튼하게 지은 집에서 따뜻하게 지내고, 부모님 땅에서 부모님이 정성껏 키운 제철 채소와 과일을 눈치 안 보고 원 없이 먹었다. 가끔 아버지께 여쭤보지도 않고 참기름 한 병 뚝딱 꺼내어 내가 농사를 지은 양 선물로 쓸 때도 있다.

아버지 집에서, 아버지가 키운 농산물로 등 따시고 배부르게, 부족함 없이 넉넉하게 지내고 있다.

그리고 난 농사꾼이 아니다. 정확히 말하자면 농사꾼인 아버지의 졸병이다.

아버지는 해 뜨기 전 부지런한 참새가 짹짹거리는 소리와 함께 일어나 밭을 가꾸고 나무, 채소와 끊임없이 대화하신다. 그리고 흙 색깔로 흙의 건강상태를 파악하고 구름 모양, 흐름만 봐도 오늘 날씨가 어떨지를 안다. 가끔 틀릴 때도 있지만 대략 다 맞히신다.

그러나 게으른 나는 해가 뜨면 그제야 일어나고 이것이 풀인지, 심은 씨앗에서 난 채소인지 분간 못 해 모조리 뽑아버린 일이 부지기수다. 관리기 시동이 안 걸리면 어떻게 해야 할지 막막하고 호미, 낫 등 연장의 쓰임새를 제대로 몰라 혼나기 일쑤이다. 그리고 정확히 언제 뭘 심어야 되는지, 어떻게 가꿔야 하는지에 대해 아직도 잘 모른다. 그저 아버지가 시킨 일들과 비료 나르기, 거름 나르기, 관리기로 풀 깎기 등 힘쓰는 일만 거들 뿐이다.

4천 평 밭 중 기껏해야 30평 정도에 내 마음대로 몇 가지 채소를 심고 가꾸고 있다. 이것마저도 게으름을 피워 잡초들 키가 내 무릎까지 자라면 보다 못한 아버지께서 김을 매주시고 물을 주신다. 그러곤 아무 말씀 안 하신다. 농사짓는다는 소릴 하기가 참 창피하다. 그래서 어디 가서 절대 농사짓는다고 얘기하지 않는다. 난 농사꾼이 아니라 농사꾼 졸병이기 때문이다.

최근 방문 틈으로 새어 나오는 텔레비전 소리가 점점 커지기 시작했다. 아버지 청력이 점점 나빠지는 게 분명하다. 그래서인지 아들 잔소리 듣기 싫은 날은 귀가 안 들린다고 딱 잡아떼신다. 그래도 아직 잔소리를 구분하실 정도이니 정말 다행이다. 아버지께서 내 잔소리에, 내 말대꾸에 백 살이 넘을 때까지 '이 불효막심한 놈'이라고 쩌렁쩌렁한 목소리로 혼내며 건강하게 사셨으면 좋겠다. 당신이 정성을 다하여 키운 채소, 과일을 오랫동안 실컷 먹었으면 좋겠다.

나는 효자는커녕 참 불효막심한 놈이다.

어린이날

구십의 아버지께서 오늘이 어린이날인 걸 아침부터 혼잣말하신다.
아버지도 어린이이던 시절이 있었다.
그 옛날 할아버지와 할머니께 뜨거운 사랑을 받았던 기억을 가끔 내게 들려주시곤 했는데, 오늘 그 추억을 더듬으시는 것 같다.

아버지 진지 드시는 동안 '옛날처럼 100원 선물 주시려나?' 하고 잠시 기대했는데 그냥 아침 드시곤 조용히 일어나신다. 선물로 100원만 달라고 말씀드릴까 하다가 괜히 아침부터 욕만 얻어먹을 것 같아 꾹 참았다.
사실 아버지께 나는 이미 최고의 어린이날 선물을 받았다. 이 세상 구경할 수 있게 해주신 것. 아버지의 아버지, 그 아버지의 아버지, 나의 모든 조상님께 즐거운 어린이날을 맞을 수 있게 해주신 것에 감사드린다.

우리 집 나의 어린이한텐 만 원 쏴야겠다.

매실 농사는 신선놀음?

그림처럼 살기를 원한다.

조선 말기 화가 전기(田琦)의 〈매화초옥도(梅花草屋圖)〉를 보는 순간 나중에 저렇게 꼭 살아보리라 다짐을 하고 부모님께 늙어버린 사과나무를 대신해 매실나무를 심자고 하였다.

봄날 매화꽃으로 둘러싸인 집에서 창문 넘어 들어오는 매화 향에 취하고, 오랜 친구와 함께 매화꽃 몇 송이 따다 차에 띄우고 즐거웠던 옛이야기 나누며 살고 싶었다.

이곳은 매실 주산지보다는 북쪽에 있는 추운 지방이지만 지구 기온이 계속 올라가니 몇 년 후엔 이곳에서도 매실 농사가 가능할 것 같았다. 무엇보다 매실 농사를 지으면 늦여름 고생과 가을 태풍을 피할 수 있으니 정말 딱이지 않은가.

또 연로하신 부모님이 힘든 사과 농사를 지으시는 게 항상 마음에 걸렸고, 나 또한 사과 농사보다는 신선놀음 같은 매실 농사가 마음에 들었다. 약도 안 쳐도 되고, 매화꽃도 보고, 6월이면 한 해 농사를 빨리 끝내고 한 번도 마음 놓고 가보지 못한 피서도 갈 수 있다고 부모님을 설득해 사과 과수원 반 정도에 매실나무를 심었다.

첫해와 몇 해 동안은 수확이 꽤 괜찮았다. 아직 매실 농가가 많지 않던 때라 알아서 매실을 사러 집으로도 오고, 시장에서도 서로 가져오라고 난리였다. 그리고 무엇보다 수확철 보름 정도만 바짝 일하면 되니 사과 농사와는 비교가 안 될 만큼 일이 쉬워 보였다.

하지만 다른 농사에 비해 쉬워 보이는 매실 농사를 짓는 농가가 점차 늘어나 가격이 폭락하고, 농약을 전혀 안 쳤던 우리 집 매실나무는 복숭아유리나방, 깍지벌레 등 온갖 병충해로 아파했다. 그리고 꼭 수확기쯤 뜨물(진딧물)이 끼어 우리 집 매실은 연둣빛 싱싱한 초록 매실이 아니라 세수를 한 달쯤 안 한 거무죽죽한 거지 매실이 되었으니 상품 가치로는 꽝이었다. 빛깔 좋은 매실이 아니니 판매에도 지장이 생긴 데다, 저장성이 없으므로 따는 즉시 판매를 해야 하는데 성목이 된 후엔 수확량마저 엄청나게 늘어나 수확보다 판매에 더 신경을 기울여야 하는 상황이 되었다.

제대로 농사를 지어볼 생각에 공부를 해보니 매실 농사도 장난이 아니다. 가지치기, 거름주기, 복숭아유리나방 애벌레 잡기, 남은 매실로 엑기스, 장아찌 담그기 등, 일 년 내내 할 일이 태산처럼 쌓였다.

세상에 공짜로 먹는 건 하나도 없다.

내년 농사를 위해 경운기에 똥거름을 잔뜩 싣고 한숨 쉰다. 똥 고생을 해야 행복한 그림처럼 살 수 있다는 사실! 그래도 봄날 매화꽃 향기 맡을 기쁨에 오늘도 열심히 삽질해야겠다.

그런데 갑자기 궁금한 게 있다.

하늘에 계신 신선도 복숭아 농사지을 때 거름 주시나?

스승의 날에

오래전 잠시 미술계를 떠나 농업계에 몸담은 적이 있다.

물론 지금도 농사를 짓고는 있지만 당시는 벤처기업이 하루에 몇백 개씩 생기던 시절이라 나와 아내도 머리를 맞대고 미술과 농업을 결합한 벤처 사업을 꾀했다. 당시 나는 자신감으로 똘똘 무장된 용감한 인간이었고, 나야말로 시대에 꼭 필요한 인재라는 자만심에 가득 차 있었다.

예전 복(福), 수(壽) 스티커를 사과에 붙이던 것에서 아이디어를 얻어 복(福), 수(壽) 자 대신 웃는 얼굴을 사과에 붙여 '행복한 사과', '미소 사과'라는 브랜드를 만들었다. 나름 아이디어도 괜찮고 참신해서 온갖 뉴스와 신문, 잡지에 내 얼굴과 '행복한 사과'로 불린 사과가 주인공으로 한자릴 차지했었다.

하지만 기대와는 달리 현실은 만만치 않았다. 무조건 좋은 상품을 만들면 다 되는 줄 알았지만 순진한 생각이었다. 사과를 팔기 위해 온갖 백화점 바이어, 유통업자를 만나고 다녀도 기존의 유통망을 뚫고 들어가기가 무척 어려웠다.

몇 달 동안 잠을 이루지 못했다.

덩달아 가족들한테도 평생 갚지 못할 고통을 안겨준 불효막심한 자식, 남편, 아비가 되었다. 가슴이 벌렁벌렁하고 손은 달달 떨렸다. 그 유명한 개성 상인의 피를 이어받았지만, 나에겐 대범한 심장과 셈에 대한 명석함이 너무나 부족했다. 한마디로 얼치기 장사꾼이었다.

저장고에 쌓인 사과들이 늙은 할미 검버섯마냥 조금씩 썩어가는 모습이 머릿속에서 떠나질 않았다. 너무 고민이 깊어지니 머리도 빠지고 얼굴도 썩어가고 세상 모든 것이 증오의 대상이 되었다. 코너에 몰리니 정말 별의별 생각이 들었다. 지인들과도 연을 끊은 채 시간을 보냈다.

그러던 어느 날, 전화번호도 바꾼 내게 한 통의 전화가 왔다.

대학 때 K선생님이시다.

어디라도 기댈 곳이 필요했고 누군가에게 내 고민을 털어놓고 싶었던 나에겐 선생님의 전화 자체가 감동이었다. 대략 사는 얘기를 들으신 선생님은 며칠 후 한번 시간 내서 서울에 올라오라고 연락을 주셨다.

약속 장소로 가보니 선생님께선 평소 알고 지내던 가락동 청과물 시장 경매인들에게 저녁식사를 대접하며 내 제자가 사과 장수를 하니 좀 잘 봐달라고 부탁하고 계셨다. 풍기로 돌아오는 길에 얼마나 울었는지, 버스 기사 아저씨가 누가 돌아가셨느냐고 물어서 기뻐서 운다고 했다.

벌써 십 년이란 세월이 눈 깜짝할 사이에 지나갔다. 이제 사과 장수가 아닌 화가로서 일상을 보내고 있다. 며칠 전 선생님을 위해 파티 준비를 도와드렸다. 기획부터 모든 준비에 최선을 다했다. 평생 갚아도 모자랄 은혜를 아주 조금 갚은 것 같아 기분이 참 좋다.

나도 제자들에게 평생 잊지 못할 선생이 될 수 있을까 항상 고민한다.

"애들아! 언제든 쌤이 필요하면 달려간다. 기다려라!"

-제자에게서 아침부터 행복한 문자를 받고서.

소원

어렸을 적엔 소 한 마리 카우는 게 소원이었다.
밭에서 돌 안 줍고 밭일 안 하고 들판에 소를 몰고 나가
하루 종일 놀 수 있으니까.
소는 소대로, 나는 나대로 개울가에서 멱을 감고
돌치기도 하는 게 소원이었다.

지금은 트랙터 하나 가지는 게 소원이다.
작은 관리기로 밭을 갈려면 며칠 걸리는 것도
트랙터 한 대면 한두 시간이면 뚝딱이다.

10년 뒤쯤엔 또 뭐가 소원일까!

우리 집에 날아온 후투티

볕이 무척이나 따뜻한 봄날 고추밭에 신기한 새 한 마리가 먹이를 찾아 분주히 움직인다. 저쪽 감자밭에도 또 한 마리가 열심히 먹이를 찾고 있다.

머리엔 인디언 소녀처럼 깃털이 곤추서 있고 몸의 깃털은 무척이나 예쁜 결을 하고 있어 얼른 아들 희구를 불러 신기한 새가 우리 집에 있다고 부산을 떨었다. 그 후 꽤 오랫동안 그 새의 이름을 몰랐는데 어느 날 조류도감을 통해 그 새의 이름이 '후투티'라는 것을 알았다.

금슬 좋고 멋진 외모의 후투티는 우리나라 여름 철새인데 머리 스타일과 날개가 멋져 단번에 사람들 시선을 빼앗는다. 잘생긴 사람을 만나면 괜히 기분이 좋듯 후투티가 과수원에서 쫑쫑거리며 노는 날에는 뭔가 좋은 일이 생길 것 같아 괜히 기분이 좋다.

몇 해 전 처마 밑 제비집에서 제비 새끼가 떨어져 흥부처럼 다리를 고쳐준 적이 있다. 마음속으로 제비에게 흥부네 박 씨를 물어다 달라고 빌었지만 감감무소식이더니 대신 후투티가 봄날 우리 집으로 날아와 가을까지 머물다 가곤 한다.

나에게 후투티는 그냥 새가 아닌 굉장히 특별한 새이다. 생김새가 매우 특이한 것도 있지만 엄마가 돌아가신 날 후투티 한 마리가 홀연히 내 주위를 맴돌다 옥상에서 10여 분 같이 운 것도 신기하고, 엄마 제삿날에도 집 앞에 나타나 한참을 앉아 있다 갔었다. 그리고 가족들이 많이 모이는 날이면 어김없이 우리 가족 주변을 한참 맴돌곤 한다.

원체 사람을 무서워하지 않는 새이지만, 그래도 특별한 날이면 좀 더 가까이 다가와 내 주변을 맴도는 것이 참 신기하다. 믿거나 말거나이지만 난 엄마의 환생, 아니면 엄마의 소식통으로 여겨 후투티를 만날 때면 마음이 찡하고 행복하다.

"엄마! 날 좋은데 엄마도 하늘나라에서 잘 계시죠?"

"저도 잘 있어요."

기분 좋다!

나의 마당 성장기

한 살 때
엄마 품에 안겨 마당을 처음 보았다.
다섯 살
마당 바닥에 그림을 그렸다.
열 살
마당에서 야구를 시작했다.
열세 살
집 마당에서 기르던 돼지를 잡아 동네 사람들이 모여
잔치하는 것을 보았다.
열여섯 살
첫사랑 순이 때문에 마당을 서성거리다.

스무 살

온 밭에 심었던 참깨를 마당에서 몇 가마니나 털었다.

스물일곱 살

사랑하는 님과 밤하늘의 별을 보았다.

스물아홉 살

한밤 마당에 나와 혼자 유성을 바라봤다.

재작년

밤마다 마당에 나와 하늘을 향해 엄마께 기도를 드렸다.

마흔다섯하고 몇 달이 지난 지금

곤히 주무시는 아버지를 뒤로한 채 큰 달 뜬 마당을 서성거리며

바람 소리를 듣다.

마당에서.

비둘기

전깃줄 위에 비둘기 두 마리.
울지도 않고 살금살금 나비처럼 다가와
어제 심은 참깨 씨앗 잘도 파먹는다.
너희들 때문에 벌써 두 번째 심은 거다.
지구 평화를 위해 일하는 너희니까 봐준다.

뒷담화를 허하라

봄에 심은 원추리 꽃이 피는지 지는지도 모를 만큼 바쁘다. 마당 구석구석의 주황빛 원추리 꽃이 어느새 마당의 주인공이 되어 나비와 벌을 유혹한다. 마당을 돌아볼 여유초차 없던 요즈음, 마당의 풀들이 너무 자라 부랴부랴 깎다 보니 겨우 눈에 꽃이 들어온다. 알아서 혼자 꽃을 피우니 고맙고 대견하다.

6월 말은 매실(황매) 수확에, 살구 수확에, 장마 대비에, 쑥쑥 올라오는 풀들 김매기 등등 과수원 일과 몇 개의 전시 일정으로 바쁘고 정신이 없다. 읍내 다방에서 느긋하게 달콤한 커피나 한잔하고 지나간 신문이나 들척거리며 오후 시간을 보내는 한량처럼 살고 싶은데, 매실이 하루면 노랗게 땅바닥을 수놓고 지붕 위에 가지를 걸쳐놓은 양살구가 '쿵쿵' 소리를 내며 떨어지니 마음이 급하다.

이리 채이고 저리 받고…… 질퍽이는 신발에 몸이 제멋대로 움직인다. 며칠 과로했더니 아무래도 몸에 과부하가 걸린 것 같다. 몸이 언젠가 포장마차에서 때늦은 저녁 대신 먹은 퉁퉁 불은 어묵마냥 물컹거린다. 늦은 밤 나만 바라보고 있는 예쁜, 앞으로도 예쁠 나의 강아지 수지와 놀아줄 생각도 못 하고 그냥 스르르 잠들기 바쁘다.

나 살기도 바쁘다 보니 세상이 어떻게 돌아가는지 뉴스도 뒷전이다. 세상에서 제일 재미난 일인 '뒷담화'를 할 여유조차 없다.

음! 생각해보니 뒷담화는 한가할 때나 살 만할 때 할 수 있는 일인 것 같다.

한가해졌으면 좋겠다.

욕할 놈들 참 많은데.

삶이 설탕을 권할 때

　오래된 친구가 있다. 지금은 예전처럼 자주 만나지는 못하지만 한창 때는 시간만 허락되면 만나서 놀던 친구다.

　대학 초년 시절 둘은 할 일이 마땅치 않거나 주머니 사정이 여의치 않을 때 입구부터 좋은 향내 나는 레스토랑이 아닌 화곡시장 뒷골목 어딘가에 위치한 오래된 다방에 갔다. 그곳에서 천 원짜리 커피 두 잔을 시켜놓곤, 잔을 비우면 쫓겨날까 봐 아주 천천히 조금씩 입에 대는 둥 마는 둥 커피를 아껴가며 짧았던 젊음의 시간을 흘려보냈다.

　늘 엇비슷한 화젯거리로 어제의 이야기를 꺼내어 오늘의 이야기인 양 신나게 떠들다가 입술이 마를 때쯤 커피 한 모금 축이고, 또 그저께 울분을 토하며 나눴던 공공의 적, 잘생긴 X놈 뒷담화를 재탕은 물론 삼탕을 하고 몇 가지 빠뜨렸던 사건과 욕지거리까지 더

했다. 마치 양은 도시락을 흔들어 만든 어설픈 비빔밥처럼 마구 섞인 수다를 떨다가 지쳐 졸기도 했다.

그러다가 창문 너머 시장의 누런 똥개가 전봇대 앞에 싸질러놓은 개똥을 보며 볼일 보는 개 폼과 사람 폼의 차이점, 개똥의 색깔로 파악할 수 있는 개의 집안 환경, 똥이 주는 미적 가치에 대해 치열하게 침 튀겨 가며 논쟁을 벌이다가, 때마침 지나가는 아리따운 단발머리 아가씨의 모습에 어제 보았던 빌렌도르프 비너스의 달덩이 같은 아름다움으로 화제를 돌린다.

더 이상 이야기가 연결이 안 될 즈음이면 왜 네놈이랑 하늘도 좋은 날, 가로수 은행잎이 나비처럼 살랑거리는 이 시간에 늙은 골방 아저씨 천 명도 넘게 앉았을, 등판이 해져 원래 무슨 색이었는지 구별도 안 가는 소파에 앉아 있어야 하는지, 가엾은 서로의 신세를 한탄하며 헤어질 채비를 했다.

'언제쯤 우린 네가 아닌 예쁜 여자 친구와 네온이 반짝거리는 신촌으로 데이트 갈까?' 하는 기대감과 그 기대가 나에게만 허락되지 않을 것 같은 불안감을 동시에 느끼며 소파 밑에서 스멀스멀 올라오는 퀴퀴한 곰팡이 냄새가 지겨울 시간까지 꽤 오랫동안 그곳에 청춘을 묻었다.

그런데 그 친구에겐 별난 식성이 있었다. 잠시 이야기가 멈추고 따분해지면 탁자 위에 놓인 설탕 통에서 티스푼으로 설탕을 홀랑홀 랑 다 퍼먹고 옆 테이블 것까지 슬쩍 가지고 와서 또 퍼먹는다. 혹 시나 흘릴까 봐 노심초사하는 것이 느껴진다. 무사히 설탕이 입으 로 들어가면 잠시 뒤 모나리자의 묘한 미소처럼 녀석의 얼굴엔 살 며시 설탕 미소가 꽃핀다. 미소를 짓는 그놈이 처음으로 잘생겨 보 였다.

또 우리 집에 놀러 와서도 커피가 아닌 다른 차에도 설탕을 한 숟 갈 가득 넣곤 따로 또 퍼먹었다. 당시 친구 놈한테 설탕 못 먹고 죽 은 귀신이 붙었나 했을 정도로 설탕 사랑이 대단했다. 나중에 네놈 이 죽으면 몸에서 사리가 나오는 게 아니라 각설탕이 나올 거라며 혼자 웃음 지었다.

세간에 설탕의 유해성에 관해 말들이 많다. 각종 성인병의 원인 이라고 이미 과학자들이 똑똑히 증명해놓았다. 그렇지만 여전히 '먹방의 시대' 요리사들은 설탕의 달달함으로 사람들을 미혹한다. 요리사 흉내 내는 어설픈 나의 요리에도 설탕은 쉽사리 빠지지 않 는다. 오늘 아침 연근 조림에 설탕을 뿌려 드렸더니 무뎌진 아버지 의 입맛에도 만사형통이다.

뭐든 과하면 안 좋은 게 당연하다. 나 또한 가급적이면 설탕을 많이 섭취하지 않으려고 한다. 설탕의 유혹에 허우적거리기엔 내 몸도 예전 같지 않기 때문이다. 그래서 몸에 안 좋다는 건 가까이하지 않으려는 편이다. 설탕 또한 그러하다.

그럼에도 불구하고 나에게 설탕이 꼭 필요할 때가 있다. 매달 23일 각종 세금과 은행 이자가 빠져나간 후 주머니 속에서 전화기가 딩똥딩똥 울리고 화면에 '잔고가 부족합니다'라는 문자가 뜰 때, 세기의 명작 하나쯤 남기고 싶은데 역량 부족인 나 자신을 알게 되었을 때, 설탕 가득 넣은 진한 에스프레소 커피가 생각나고 설탕 듬뿍 뿌린 토마토가 나를 위로한다.

가끔 몸에 좋은 거라면 구더기도 삼킬 자세로 살다가도 한순간 쉽사리 무너진다. 뭐 얼마나 오래 살겠다고 수도자도 아닌 내가, 딱히 울퉁불퉁한 복근을 만들 필요도 없는 내가 왜! 단맛이라곤 하나도 없는 약간 덜 익은 신맛 나는 딸기를 오만 가지 인상 쓰며 넘길 자신이 없을 때 곱게 살살 뿌린 하얀 설탕이 내겐 구세주이고 하늘이 내린 선물이다.

고약한 세상을 가끔 달콤함으로 덮어버리고 싶은 날들이 있다. 생각만 하면 다 될 것 같았던 달콤한 시절이 눈물 나게 그리운 날들이 있다. 오늘 생각난 김에 친구에게 전화해봐야겠다.

"우리 집에 설탕 뿌린 딸기 먹으러 와!"

2

여름이 오니,
한눈팔기딱 좋다

땀 비가 내린다

아침부터 주홍빛 태양이 볼살을 따갑게 때린다.

오월부터 심상치 않게 30도를 오르락내리락하더니 소만(小滿)인 오늘 본격적으로 여름이 시작되었나 보다. 온도계를 보니 오전 9시 경에 이미 25도를 가리키고 있다. 정오쯤엔 30도가 넘을 것이라는 AM 라디오 아나운서의 목소리가 먼지 뿌얀 라디오에서 지지직거 리며 내 귓가에 박힌다.

집으로 놀러 왔던 식구들 중 누가 벗어 던져놓고 간 통기성 좋은 낡은 와이셔츠를 입고 챙 넓은 모자를 썼다. 가뜩이나 얼굴이 까매 서 친구들 사이에 '깜씨'로 통했던 나는 깜장의 끝이 어디인지 모르 게 마냥 타는 피부라 하얀 선크림을 얼굴과 목덜미에 잔뜩 바르고 밭으로 나갔다.

서울에 전시가 있어 며칠 집을 비웠더니, 그사이 몇 차례 온 소나

기와 더위 탓에 초록 풀들이 무릎 높이까지 자라나 있다. 올해 가족들 먹이려고 새로 심은 채소(케일, 무채, 파슬리, 쑥갓) 밭에 가보니 어느 것이 채소인지 분간이 안 될 정도로 민들레, 바랭이, 뽀리뺑이, 씀바귀, 망초, 명아주, 질경이 등이 이 밭의 주인인 양 자리를 차지하고 있었다. 풀들이 축제를 할 모양이다. 독초가 아닌 이상 모두 먹을 수 있는 것들이지만 그래도 엄연히 목적을 둔 밭이라 가차 없이 뽑아버려야 한다.

이슬이 촉촉한 새벽부터 밭에 나와 김매기를 하시는 아버지는 땅콩과 검은콩 밭 김매기를 벌써 반쯤 마치신 것 같다. 구순이 넘으신 아버지께서도 저렇게 일하시는데 이쯤 더위야 우습다고 나도 김매기를 시작했다.

한 이십 분쯤 쪼그리고 앉아 어설픈 김매기 작업을 했더니 목부터 허리, 옆구리, 다리, 똥구멍까지 저려오기 시작했다. 얼굴에 바른 선크림 위로 희한한 맛의 액체가 흘러내리다 입으로 들어오기 시작하자 엄살에 발동이 걸리기 시작했다. 집으로 들어와 온갖 힘든 표정을 다 지으며 세상에서 가장 시원한 얼음물 가져오라 소리쳤다.

이십 분 일하고 삼십 분쯤 오래된 살구나무 그늘에 앉아 쉬었다. 저 멀리 땅콩 밭에서 조금씩 조금씩 앞으로 나아가며 여전히 김을 매시는 아버지가 보인다.

올봄 과수원에 반쯤 남아 있던 사과나무를 모두 뽑아내었다.

고된 사과 농사를 짓기엔 아버지도 예전 같지 않게 약해지셨고, 아버지 얼굴에 새겨진 고동색 주름 같은 나무들도 알찬 사과를 생산하기엔 이제 너무 늙고 힘에 겨운 듯해서 나무를 과감히 정리하였다. 나무도 주인을 닮아간다고 어느 농부 어른께서 하신 말씀이 떠오른다.

나무를 베는 날 무척이나 마음이 아팠다.

시원할 줄 알았다. 더 이상 힘든 사과 농사를 하지 않아도 된다는 생각에 기분이 좋을 줄 알았다. 갈색과 고동색의 빈터가 굉장히 넓고 공허해 보였다. 앓던 이를 뽑아내는 기분이 아니라 힘겹게 살아오신 부모님의 흔적들을 지워내는 것 같아 그냥 눈물이 주룩주룩 흘렀다.

한참 사과 농사를 지을 때엔 여름이 무섭고 싫었다. 친구네 가족들이 자동차에 수박과 복숭아, 물놀이 용품들을 가득 싣고 동해 바다를 향해 달릴 때 우리 가족은 여름 사과를 출하하기 위해 새벽 4시 반부터 새벽이슬 적시며, 낮에는 포항제철 용광로만큼 뜨거운 태양과 싸우며, 때론 사다리가 휘청거릴 만큼 휘몰아치는 비바람을 맞으며 여름 내내 사과를 따 내렸다. 수확의 기쁨이야 이루 말할 수 없지만 어린 마음속 사과는 고통의 상징이었다.

어릴 적엔 사과로 만든 모든 먹을거리가 싫었다. 지금도 잘 안 먹는 편이다. 내게 돌아오는 사과는 반쯤 썩은 사과나 햇볕을 제대로 받지 못해 푸르스름한 사과 정도였다. 어린 마음에 사과는 미움의 대상이었다. 사과들 덕분에 학교도 다녔고 옷도 사 입고 따뜻한 집에서 살 수 있었지만 과수원집 아들의 고달픈 인생에서 사과는 애증의 대상일 뿐이었다.

어디서 땀 냄새를 맡았는지 파리 떼가 모인다. 자꾸 몸에 달라붙어 다시 김을 매기 시작했다. 아버지처럼 조금씩 앞으로 나간다. 아버지의 반의반도 못 따라갈 농사 실력이지만 곁눈질하며 아버지의 호미질을 따라 해본다.

김을 맨 후엔 아버지께서 자식들을 위해 남겨놓으신 오래된 쓰가루(아오리) 사과나무 세 그루에 가서 혼자 적과를 시작했다. 이제는 공판장에 가서 팔지 않아도 되는 사과다.

올해도 사과가 많이 달려 있다. 아버지의 따뜻한 손과 땀으로 키운 나무라 조심스럽게 매만진다. 여전히 나는 과수원집 아들이다.

7월쯤이면 채소들이 무성하게 자라날 것이다. 사과나무엔 연둣빛 동그란 사과가 주렁주렁 달릴 것이다. 나 스스로 씨를 구하고 농사를 지은 건 불과 얼마 전의 일이다. 개미 눈곱만큼 작은 씨앗에서 싹이 트고 자라는 모습을 보니 경이롭고 신기할 따름이다.

힘이 들다가도 신이 난다. 아들이 좋아하는 청치마상추가 파릇파릇 자란 모습, 엄마가 좋아하시던 토란잎에 옥색 물방울이 또르르 또르르 굴러 떨어지는 모습, 눈치 안 보고 맘껏 따 먹을 수 있는 사과를 상상하며 열심히 호미질하고 가위질한다. 잘 키워서 가족들과 지인들에게 나눠줄 생각을 하니 힘이 절로 난다. 아버지께서 하셨던 것처럼 말이다.

농사는 수행이라고도 하지만 솔직히 아직 잘 모르겠다. 여전히 밭에서 돌아오면 힘들게 왜 이 고생을 하나 싶을 때가 있다. 하지만 세상모르고 쓰러져 잔 다음 날 조용히 자라난 채소와 과일을 보면 웃음이 난다. 고맙다. 이런 게 행복인가 보다.

마당의 진짜 주인은

몇 년 전에 사하라 사막으로 여행을 간 적이 있다.

내셔널지오그래픽이나 BBC 다큐에서나 볼 수 있었던 '사하라'라는 곳에 다녀왔다고 하면 좀 멋있어 보일 것 같기도 했고, 누군가의 말에 의하면 동네에서 제일 못생긴 애들이 영화배우 올랜도 블룸 정도라고 해서 베르베르인들과 나의 외모 우열을 겨뤄보고도 싶었다. 카리테나무에서 추출한 식물성 오일인 시어버터(Shea Butter)로 세계 최강 '꿀 피부'를 자랑한다는 여인들도 궁금하고, 낙타 등에 올라타 낙타가 얼마나 사막 길을 삐그덕거리며 잘 걷는지도 알아보고 싶었다. 아무튼 식구들과 상의도 없이 혼자 떠난 사하라 여행은 최악과 최고를 맛보게 해준 여행이었다.

꿀 피부 여인들과 잘생긴 베르베르족, 낙타는 사실 사족이었고 정말 꼭 보고 싶었고 궁금했던 건 '부활초'였다. 사막 한가운데에서

'죽었다 다시 살았다'를 반복하는 풀을 보고 싶었던 것이다.

부활초는 모래 신의 모래 노래를 자장가처럼 들으며 100년쯤 잠들었다가도 사막에 내리는 비 몇 방울에 다시 씨앗을 틔워 번식하는 풀인데, 막상 사하라에 가보니 사막이 하도 넓어 부활초는커녕 자갈이랑 모래만 하염없이 바라보다 왔다. 아마 혼자 여행 간 죗값이라 생각된다. 나중에 기회가 된다면 사랑하는 가족과 함께 부활초를 보러 꼭 다시 가고 싶다.

그런데 우리 집에도 사막에서 자라는 부활초랑 비슷한 풀이 하나있다. 이름은 '질경이'인데 경상도 사투리론 '질개이', '질갱이'라고도 부르는 풀이다. 얼마나 질기면 이름까지 '질경이'이겠는가. 자라는 곳을 보면 다른 풀들과 달리 가장 척박한 곳이나 마른땅에 군락을 이루며 산다. 누구나 쉽게 찾을 수 있는 풀인데, 시골 길가나 집마당 중에서도 사람들 발자국이 가장 많이 닿는 곳 주변을 보면 납작하게 엎드려 꽃을 피우고 주변으로 세력을 뻗치고 있다. 우리 집도 입구에서부터 차바퀴가 지나간 길을 빼곤 온통 질경이 천국이다. 사람의 신발이나 자동차의 바퀴를 이용해 번식하는 아주 똑똑하면서도 친근한 풀이기도 하다.

이 녀석들은 척박한 땅에 자리를 잡고 살다 보니 뿌리 또한 억세게 땅을 부여잡고 있어서 마당 청소할 때 가장 힘들게 하는 풀이기도 하다. 귀한 손님 오신다고 해서 오늘 마당 청소를 좀 했는데 이것들 뽑다가 내 손목이 오히려 뽑힐 뻔했다. 뽑아도 계속해서 나고 심지어 뽑히지도 않는 이것들을 좀 잔인하게 아주 뜨거운 물이나 불로써 제거할 때도 있는데, 며칠 지나면 또 쏘옥! 하고 새순이 올라온다. 식물들한테는 욕 안 하는데 질경이한텐 몇 번 한 적이 있다. 질겨도 이렇게 질기고 모진 풀은 내 주변에서 질경이가 최고일 것이다.

어느 식물도감에서 읽었는데, 더 대단한 건 질경이도 부활초처럼 천 년이 지나도 씨앗이 다시 싹을 틔울 수 있다고 한다. 짧은 삶을 사는 인간들은 절대 꿈꿀 수 없는 일이라 이후 이 풀에 대해 존경심을 가지게 되었고 내 마음속에 있던 미움을 모두 없애버렸다.

우리 집 마당의 주인은 내가 아니라 오래전부터 살아온 질경이였음을 이제야 깨달았다.

"질경이! 잘 부탁해!"

갈등

아버지는 35도가 넘는 뙤약볕에서 도라지 밭 김매고 계시고,
나는 시원한 화실에서 선풍기 3단에 놓고 바흐의 〈G선상의 아리아〉
와 함께 예술적 영감을 찾고 있다.

마음이 편치 않다.

아! 이것이 예술의 길인가?
에라잇! 차라리 나가서 아부지랑 같이 김매는 게 더 낫겠다.

바람이 지나간 자리

우르릉 쾅쾅, 꾸푸푸 뿌지직! 빠악! 쏴아악! 또르르르 쟁! 쏴아악 아욱 찌익! 특특특극턱턱 꽈악악악아아 싸악악!

유월 초에 부는 바람치곤 너무나 센 바람이다. 어둠 속 집 밖의 험난한 상황을 머릿속에서 상상하며 잠시 잠들었다가 섬뜩한 소리에 다시 깨기를 반복하는 밤이다.

새벽 늦게야 잠들었다 아침에 나가보니 어제까지 멀쩡했던 물건들은 깨지고 터지고 난리 블루스다. 술맛 좋던 오래된 살구나무는 병실의 환자처럼 맥없이 쓰러져 바들바들 떨고 있고 어린 매실나무의 가지들도 과수원에 나뒹군다.

근 몇 년간 최고로 센 바람이 분 날이다. 올해 매실 작황이 너무 좋아 어떻게 다 팔지를 고민한 것이 어젯밤 일이었는데, 밤사이 삼분의 일 정도는 떨어진 것 같다. 좋은 일인지 나쁜 일이지 잘 모르겠다. 좋은 날도 있고 나쁜 날도 있고, 이런 날들이 쌓여 나를 튼튼하게 만들 것이다.

일단 밤사이 저 멀리 도망간 밀짚모자나 잡으러 가야겠다.

매실 안 팔아요팔아요팔아요

매실 팔아요!

청매 말고 황매만 팔아요.

어차피 일찍 못 팔아요. 전국에서 가장 늦게 꽃피거든요!

그리고 힘들어서 농약 안 쳐요. 약 치는 기계도 8년 전에 고장 났어요.

튼튼한 나무에 살아남은 매실만 따요!

약 안 치니까 벌레투성이에요.

놀라지 마세요. 가끔 독한 매실 속에서도 벌레가 막 기어 나와요.

그리고 뜨물(진딧물) 자국에 매실이 얼룩덜룩해요.

어쩌다 깨끗한 애들도 있어요.

암튼 일찍 안 팔아요. 재촉하지 마세요.

솜털 다 떨어지고 노릇노릇할 때 팔아요.

배송 날짜 잘 안 지켜요. 따려고만 하면 비 와요.

비 맞으며 따기 싫어요. 땡볕에서도 따기 싫어요.

품 비싸서 선선한 날 가족들 일정에 맞춰 따요.

은근과 끈기로 기다리세요.

대략 남들 다 따고 난 후 6월 20일 이후에 따기 시작해요.

매실은 늦으면 늦을수록 좋아요.

그래도 보낼 때는 친절하게 문자 넣어드려요.

매실 종류는 남고, 옥영, 백가하, 고성이고 큰 거, 작은 거, 벌레 먹은 거 막 보내요.

골라내는 선별기가 없어서 이파리, 벌레까지 딸려 가요.

투덜거리실 거면 딴 곳에서 사세요. 딴 집 것도 좋아요.

울 집은 용량도 들쭉날쭉해요. 감으로 대략 12킬로 보내요.

재수 좋으면 14킬로까지 나와요.

가격은 10킬로에 택배비 포함해서 35,000원이에요.

비싸다고 생각하시면 에누리 있어요.

예쁜 아가씨 에누리 있어요.

예쁜 아줌마 에누리 있어요.

예쁜 아저씨도 에누리 있어요.

예약 받아요.
문자나 메시지 주세요.

• 매실이 나무에 엄청 달려 있어요. 대풍년이에요.
  사달라고 조르지 않을 거예요. 엉엉!
  안 팔리면 제가 다 먹고 꿀 미남 될 거예요.

여름의 맛

창문을 열어놓고 잤더니 목이 살짝 부은 것 같다. 게다가 이불도 덮지 않고 자서 배 속도 우글우글하다.

한낮엔 아직 짝짓기 못 한 매미들 울부짖음이 찌르렁 찌르렁 하고 낮 기온도 30도가 넘지만 창문 틈으로 들어오는 밤의 기운은 낮 기온과는 달리 방을 쌀쌀하게 만든다.

목이 아프니 국물이 있는 음식이 생각난다. 칼칼한 강된장국 생각이 절로 난다. 두부가 없어도 된장에 멸치, 호박, 매운 고추 몇 개, 양파, 마늘, 파를 송송 썰어 넣고 진하게 팔팔 끓이고 호박잎 살짝 쪄서 그 위에 강된장과 밥을 한 움큼 넣으면 부은 목과 우글우글한 내 배 속이 금방 가라앉을 것 같다.

머릿속에 '된장국, 된장국'이 뱅뱅 도는 걸 보니 오늘 아침은 된장국이다. 얼른 준비해야겠다.

울타리 어딘가에 숨어 있을 호박을 따러 분홍색 바가지 하나 손에 들고 장화를 챙겼다. 이 계절엔 아침에 슬리퍼나 운동화를 신고 밭에 들어가면 신발과 양말이 다 젖을 정도로 풀잎에 물기가 많아 꼭 장화를 신어야 한다.

강아지 두 마리랑 룰루랄라 하며 호박 따러 가는 길에 보니 자주색 가지들이 아침 햇살 속에서 보석만큼 빛난다. '아! 가지도 된장국에 넣어야겠다'라며 대롱대롱 예쁘게도 달린 가지 한 개를 뚝 따서 바구니에 담았다. 가지무침도 해야겠다는 생각에 몇 개 더 땄다. 벌써 입 안에서 침이 꼴깍꼴깍 넘어간다.

가지와 함께 붙어 있는 토마토 덩굴엔 토마토들이 토실토실하다. 적황색 토마토도 세 개 따서 바가지에 넣었다. 아버지가 튼튼하게 지지대를 만들어놓으셔서 올핸 가지랑 토마토가 대풍년이다. 벌써 열 번쯤 수확했으니 효자 중에 효자다. 아침 후식으로 토마토 쓰윽 쓰윽 넓적하게 썬 다음 그 위에 백설탕 쫘악 뿌려 먹어야겠다. 달아도 토마토는 이래야 제맛이다.

그 옆쪽 덩굴 대가 있는 오이 밭에도 오이들이 주렁주렁 열렸다. 쌩쌩한 것은 그냥 두고 아버지만큼 나이 들어 보이는 노각이 눈에 들어와 하나 바구니에 담았다. 한 50센티는 넘는 것 같다. 이것도 칼로 쫘악쫘악 길게 썰어서 노각무침을 해야겠다. 입 안에서 벌써 사각사각 소리가 들린다.

호박은 따기도 전인데 바가지엔 벌써 채소가 가득 찼다. 이왕 이렇게 된 것 아침 찬을 더 만들 생각으로 집으로 돌아가 아예 큰 양동이를 하나 더 들고 왔다. 밭이랑 붙어 있는 집은 참 좋다. 맘만 먹으면 찬거리를 한가득 금방 만들 수 있으니 말이다. 도시에 그대로 우리 밭을 옮겨 채소 가게를 열면 아마 인기 절정일 것이다.

고추밭이 보인다.

작년에 고추 값이 신통치 않아 올핸 아버지께서 우리 집 김장에 쓸 만큼인 200평 정도로만 심으셨다. 뜨거운 태양보다 더 빠알간 고추들이 조랑조랑 뜨겁게 익어가고 있다. 고추 농사도 풍년이다. 하나 뚝 따서 맛을 보니 아이구야! 보통 매운 게 아니다. 입에서 불난다. 이 정도 매우면 강된장국에 제격이다. 얼른 토마토 하나로 입가심하고 빨간 고추 세 개, 파란 고추 두 개를 땄다. 오후엔 나머지 빨간 고추들 따서 옥상으로 들고 가 말려야겠다. 작년엔 이틀 정도 따야 했었는데 이 정도 양은 한 시간이면 뚝딱이다. 고추 따기는 지루하고 허리 아파서 내가 제일 하기 싫어하는 일 중 하나라 다행이다.

도라지 밭은 이미 꽃 지고 줄기도 시들시들해 보인다. 아마 얘네도 가을 준비를 하나 보다. 이것도 맨손으로 몇 뿌리 캐서 바구니에 흙이랑 함께 담았다.

옆 밭에선 상큼한 냄새가 난다. 산더덕만큼 진한 냄새는 아니지만 냄새가 솔솔 올라온다. 더덕 밭이다. 이것도 손으로 캐다 그만 뚝 부러졌다. 꽤 깊이 뿌리를 내렸나 보다. 호미 가지러 가기 귀찮아 손으로 끝까지 팠더니 손끝은 아리지만 캐보니 실하다.

엊그제 뿌려놓은 것 같던 들깨들도 내 키 반만큼 자랐다. 잎도 널찍널찍한 것이 내 손바닥보다도 더 크다. 한 스무 장 땄다. 상큼한 깻잎 향에 입 안 가득 침이 고인다.

울타리에 호박꽃이 보인다. 큰 잎 사이 어디엔가 애호박이 하나쯤 있을 것이다. 아니나 다를까 호박꽃 핀 줄기 중간쯤 내 주먹보다 조금 더 큰 호박이 꽁꽁 숨어 있다. 송화색 호박꽃과 아직 덜 자란 연두색 애호박, 진초록색 호박잎도 한 움큼 따서 양동이에 담았다. 이제 밥에 넣을 양대만 따면 되는데 양대 상태를 보니 아직 덜 여물었다. 아쉽긴 하지만 며칠 후에 다시 와야겠다.

바가지와 양동이엔 수확한 채소들이 가득하다. 색깔들도 예쁘다. 나중에 그림으로 옮겨봐야겠다. 양동이를 든 손이 땅에 닿을 정도로 늘어난 것 같다. 하지만 채소 부자 되어 행복이 가득하다. 이제 얼른 돌아가 맛난 요리들만 하면 된다. 팔이 늘어나도 기분이 좋다. 따라온 강아지들도 다시 따라온다. 밭을 신나게 뛰어다닌 강아지들은 이슬과 흙 범벅이 되어 흙강아지가 되었다. 그래도 좋단다.

자작자작한 강된장국, 살짝 찐 부드러운 호박잎, 향긋한 도라지 무침, 몰캉몰캉한 가지무침, 사각사각한 노각무침, 불에 살짝 올린 더덕구이를 해서 오늘 아침상에 올릴 생각이다. 아침부터 큰 양푼을 준비해야겠다. 거기에 함께 넣고 비빌 것이다. 아! 그저께 아버지가 새로 짜온 참기름도 엄마처럼 아끼지 말고 듬뿍 넣어야겠다. 아마도 고소한 냄새가 아침부터 집 안 가득 진동할 것이다.

　아마도 나는 가족들 모두 모인 아침상에서 아버지께, 가족들에게 "맛있죠? 정말 맛있지?"라고 몇 번이고 웃으며 물을 것이다.

　옛날 엄마가 식사 때마다 그랬던 것처럼!

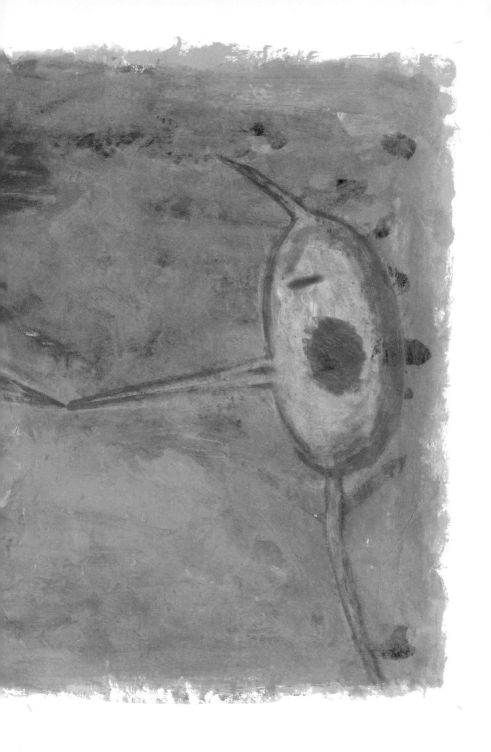

아부지는 경운기 타고 장에 가시고

오늘은 장날이다.

예전엔 장날이면 리어카에 감자를 가득 싣고서 대학교 휴학 중이던 나보다 여덟 살 많은 넷째 누나가 앞에서 끌고 나는 뒤에서 밀고 시장에 갔다. 장에 가는 길은 오르막길에다 30분 정도 밀고 가야 했는데, 몸 힘든 것이야 누나가 끄니 대충 미는 척하며 참을 수 있었지만 혹시 같은 반 여학생이라도 볼세라 가는 내내 얼굴을 푹 숙이고 갔다.

나는 친구들 사이에 부잣집 아들로 알려져 있는데 장에서 감자를 팔 생각을 하니 정말 창피하고 도망가고 싶었다. 부모님이 새로 심은 사과나무 사이로 감자 농사를 지어서 감자가 산더미처럼 쌓여 있었다. 집에 넘쳐나는 감자를 어떻게라도 팔아야 했기에 시장에 좌판을 깔고 감자를 팔았다. 아버지께서 그동안 사람들에게 야박하게 구시지는 않았는지 감자는 자리를 펴자마자 금세 팔려나갔다.

그런데 시간이 좀 지난 후 저쪽에서 한 무리의 어린 소녀들이 장 구경을 오는 것이 보였다. 우리 반 여학생들이었다. 정말 숨고 싶은 마음이 간절했지만 아버지와 누나는 리어카로 감자 배달을 가고 나 홀로 좌판을 지키고 있었기에 어디 숨을 수도 없었다. 소녀들과 눈이 마주쳤지만 나는 곧장 딴 곳을 보며 고개를 돌렸다. 어서 모두 사라지기만 기다렸다. 소녀들은 모두 장 보러 온 사람들 속으로 사라졌다. 난 고개를 숙인 채 못생긴 감자만 매만졌다.

탈…… 타, 따탈탈탈탈…….

경운기 시동이 걸렸다.

아버지께서 엊저녁부터 경운기에 대파와 황매 그리고 말린 고추를 집채만큼 실으시더니 오늘 장에 가서 파신단다. 자식이 일곱인데, 이제 다 먹고살 만한데 아버지는 기어이 장에 가서 직접 파신다. 장에 가면 손님들이랑 세상 얘기도 할 수 있고 시간도 잘 간다며 몇 해 전부터 장에 나가신다.

동네 분들이 대놓고 뭐라 그러신다. 부잣집 양반이, 그리고 연세도 많으신 노인이 뭔 욕심이 그리 많으시냐고. 오늘은 꽤 팔 것이 많으니 좋은 자리를 잡아야 한다고 일찍 나서신다. 장에선 아버지가 가시는 걸 별로 안 좋아한다고 한다. 시골 장이라도 엄연히 규칙과 상도가 있는데 어떤 때엔 다른 가게보다 두 배는 더 싸게 파시니 누가 좋아하랴. 그리고 착한 손님에겐 산 것만큼 덤으로 더 얹어 주신다. 구십 노인네가 경운기 몰고 와 장사를 하시니 싫어도 싫은 티를 못 낸다고 한다. 그래도 요즈음은 주변에 피해 안 주신다고 시장이 파할 즈음에만 떨이하시고 남은 것은 아는 분들께 나눠주고 오신다고 한다.

탈 딸딸딸딸탈!

붉은색 석양을 배경으로 멀리서 경운기 소리가 들려온다.

차들이 많아져 경운기 끌고 장에 가시는 날엔 항상 마음이 조마조마한데, 오늘도 별 탈 없이 돌아오시니 다행이다.

아버지 오늘은 얼마 버셨어요?

오늘 다 팔았다!

산더미같이 쌓아 가져간 농작물들 중 남은 건 주위 사람들에게 나눠주고 빈손으로 오셨다. 대문을 닫을 즈음 서쪽 하늘로 기러기 몇 마리 날아간다.

주말 부부

아버지께서 혼자 잘 지낼 수 있다며 너 살고 싶은 곳에서 살라고는 하셨지만 형제들 중 콕! 찍어서 너랑은 살 수 있을 것 같다고 하셨다. 내가 결혼한 후 이미 이십 년 가까이 같이 살았으니 아무래도 내가 제일 편한가 보다.

우리 부부 일과 아들 희구의 학교 문제로 경기도 양평에 새 집을 짓고 모두 이사를 가기로 결정했었는데, 막상 집이 완성되자 구십의 아버지께서 마음이 바뀌셨다. 그냥 풍기에 살겠다고 마음먹으신 것이다. 새로운 환경이 겁이 나시는가 보다. 솔직히 젊은 나도 새로운 환경이 겁이 날 때가 있는데, 모든 게 새로운 타지의 환경에 적응하는 것이 보통 일은 아니라는 생각이 든다. 몇 해 전부터 준비한 일인데 안 가신다고 단호히 말씀하시니 더 이상 설득하기는 어려울 것 같다.

밥하고 반찬 만드는 건 나름 재미를 붙여 어려운 일은 아닌 것 같고, 아버지 생활습관도 오래 같이 살아 익숙하니 그것도 별 문제가 안 되지만 어쩔 수 없이 아이와 아내와 떨어져 살아야 하는 게 조금 걱정이 된다. 주말엔 형이 서울에서 온다고 하니 졸지에 주말 부부가 되었다.

주말 부부! 생각보다 좋네!

호환마마보다 무서운 아내 잔소리도 안 듣고 둘이 쓰기엔 조금 작았던 작업실도 혼자 넓게 쓰니 여기가 천국이다. 양말도 휙 벗어 젖혀 구석 어딘가에 던져놓아도 되고 음악 크게 틀고 혼자 뭔가 뚝딱거려도 눈치 볼 사람 없으니 살 것 같다. 그리고 내가 보기에도 형편없는 작품 만들어 스스로 괴로워하고 있을 때 옆에서 확인 사살이라도 하듯 가슴에 비수를 꽂는 말을 듣지 않아도 되니 참 좋다.

그런데 심심하다.
시간이 지날수록 진짜로 더 심심해진다.
매주 주말마다 만나지만 부족하다.
사랑하는 가족과 함께 있는 시간이 얼마나 중요한가!
가끔 혼자 먹는 밥도 맛없고 혼자 마시는 커피도 텁텁하고 날마다 쑥쑥 커가는 아들은 어떻게 지내는지 매일 궁금하다. 그리고 아들 통학시키느라 하루에 몇 번씩 운전해야 하는 집사람이 걱정되고 새 집은 내가 없어도 별 탈 없이 잘 굴러가는지 노심초사한다. 월요일 새벽부터 주말이 되기만을 기다린다.

이번 주엔 양평 가서 화단에 예쁜 패랭이꽃을 함께 심을 생각이다.

"어서 시간아 흘러라!"

잔디

새 집을 지으면 마당에 꼭 잔디를 깔 것이라고 다짐했다. 거기서 축구도 하고 야구도 하고 배드민턴도 치고 강아지랑 뒹굴뒹굴할 생각이다. 사랑하는 사람들과 그 위에서 커피도 마시고 향긋한 차와 다과도 즐기는 호사를 누릴 것이다. 잔디가 깔린 집은 왠지 여유가 있어 보이고 평화롭게 보인다. 드디어 새 집의 자그마한 마당에 잔디를 심으니 한 가지 소원을 성취해 기분이 좋다.

그런데 이놈의 잔디는 뭘 좋은 걸 혼자 먹는지 열흘에 한 번은
꼭 깎아주어야 볼 만하다. 올여름 내내 잔디 깎은 기억밖에 안
난다.
마당을 더 크게 만들었으면 잔디 깎다가 인생 다 보낼 뻔했다.

떡볶이는 사랑입니다

20킬로 쌀값이 2만 5천 원이다. 한 가마니가 80킬로이니 10만 원 정도 하는 것이다.

쌀값이 싸도 너무 싸다. 논농사를 짓지 않아 저렴하게 사서 좋긴 하지만 논농사 짓는 K형이 걱정이다. 통장 잔고가 바닥난 내가 남 걱정할 때가 아니긴 하지만 그래도 걱정이 앞선다. 입에 풀칠이라도 하려면 최소 200가마니는 팔아야 하는데 대략 20마지기 농사를 짓는 형은 또 빚을 내야 할 것 같다고 한다.

모든 가정이 우리 집 같기만 하면 참 좋을 텐데. 우리 집은 삼시 세끼 밥이 없으면 안 되는 집이다. 밥 먹기 싫으면 죽으로 끓여 먹고, 누룽지 만들어 심심풀이 간식으로 먹고, 쌀이 푸석푸석한 것 같으면 밤새 쌀을 불리어 방앗간 가서 가래떡이나 떡볶이 떡으로 뽑는다. 그리고 냉동실에 가득 넣어두고 밤이나 낮이나 출출할 때 꺼내 먹을 수 있게 만든다.

가족들은 밥보다 떡볶이를 훨씬 좋아한다. 집사람은 정말 떡볶이를 사랑한다. 아침부터 떡볶이 5인분은 거뜬하다. 하루 종일 떡볶이로 배를 채워도 질려 하지 않는다. 아침엔 된장이 들어간 떡볶이와 떡국 중간쯤 되는 요리를 해서 먹고 점심엔 빨간 고추장 떡볶이, 중간 참으로 치즈나 서양 소스를 첨가한 퓨전 떡볶이를 먹는다. 그리고 간장과 채소를 듬뿍 넣은 궁중 떡볶이로 저녁 만찬을 즐긴다. 우리 집 쌀통은 쌀벌레 날아다닐 틈도 없이 쌀이 쑥쑥 내려간다.

가끔 요리한 떡볶이 사진을 SNS에 올려놓으면 모두들 열광적인 반응을 보인다. 갑자기 손님이 오셔도 정성스럽게 떡볶이를 만들어 내놓으면 맛있게 드신다. 나만 떡볶이를 좋아하는 게 아니라 대부분 좋아한다.

내가 만약 다른 직업을 가진다면 떡볶이집 사장님이다. 그리고 매주 떡볶이 날이 있으면 좋겠다. 그러면 농부들도 조금이나마 좋지 않을까.

삼복더위에 열 받는 일

"개나 염소 사요오오오."

"개나 염소 사요오오오."

아침을 깨우는 닭 소리 대신 용달차 위에 불안하게 매달린 확성기에서 약간의 기계 잡음이 섞인 개장수 아저씨 목소리가 동네 구석구석 울려 퍼진다. 오늘이 아니면 다시는 기회가 없다는 투의 울림은 점점 집 쪽으로 커져온다.

보통 낯선 차량이나 사람 등 낯선 것이 동네에 들어오면 맨 윗집 개부터 아랫집 강아지까지 동선을 따라 차례대로 짖는데 언제나 개장수 아저씨의 차 소리엔 동네 개 모두가 찍소리도 안 하고 조용하다. 행여 주책없이 나대다간 개장수에게 팔려 갈 수 있다는 걸 개들도 알고 있는 듯하다. 말만 하지 못할 뿐이지 사람의 언어를 다 알아듣는 건 확실한 것 같다.

우리 집 네 마리 똥강아지들인 어미 개 강소라, 새끼 강하늘, 강수지, 강싹수도 오늘만큼은 조용하다. 혹시나 별일 없는지 아침밥을 차리다가 문을 열어보니 나의 인기척에 네 마리가 밤새 기다렸다는 듯 꼬랑지를 1초에 백 번쯤 흔들며 아침 인사를 하러 쏜살같이 뛰어온다. 손바닥을 핥고 빨고 가슴까지 펄쩍 뛰어 나에게 안긴다. 한 마리씩 잘 잤느냐고 인사를 하고 행여 개장수 아저씨의 달콤한 사탕발림에 속아 따라가지 말라고 당부한 뒤 혹시나 해서 줄도 묶어 놓고 들어왔다.

최근 개장수 아저씨가 동네에 자주 오는 걸 보니 중복이 다가오나 보다. 일 년 중 가장 더운 요즘, 새벽과 오전 일을 하고 나면 몸이 주머니 속에 넣어두고 까먹은 엿처럼 축축 늘어진다. 게다가 장마철이라 습도도 높고 풀숲의 모기 부대도 호시탐탐 내 피를 노리고 있으니 일하기 참 싫다. 가만히 앉아 있어도 땀이 줄줄 흐르는데 콩밭 김이라도 매면 땀을 한 양동이는 흘리는 것 같다. 덕분에 살은 많이 빠졌지만 몸이 허해지는 것 같다.

아버지께선 새벽 일찍 일어나 벌써 도라지 밭 반은 김매고 들어오신다. 혹시 이 더위에 탈이라도 날까 봐 조금만 일하시라고 수시로 말씀드려도 죽으면 평생 쉴 텐데 하시며 더 열심히 일하신다. 나

보다 배는 오래 사셨으니 알아서 잘 조절하시리라 믿는다.

늦으신 아버지께서 이렇게 일하시니 덩달아 나도 일이 많다. 땀 흘린 만큼 내 피부색도 점점 까매진다. 하와이 와이키키에서 인도네시아 발리 그리고 아프리카 세이셸의 해변을 6개월간 일주하며 뒹굴다 온 것처럼, 까무잡잡한 정도가 아니라 현지 원주민 피부색과 똑같아졌다. 많이 태우지 않으려고 챙 넓은 모자를 쓰고 자외선 차단제를 바르는 등 노력해도 맘처럼 쉽지 않다. 강아지들과 밭에 나가 순찰 겸 산책이라도 돌면 장마철 풀들이 하룻밤 사이에 내 키만큼 자라나 있으니 눈으로 본 이상 그냥 지나칠 순 없다. 풀들에겐 미안하지만 끊임없이 뽑고 뽑고 또 뽑는다. 나에게 별에서 온 도민준처럼 초능력이 하나 생긴다면 풀들과 대화할 수 있고 풀들을 움직일 수 있는 능력이 생기면 좋겠다.

"바랭이야! 너넨 요쪽에서만 자라라!"

"쇠비름들아! 다시 들어갔다가 한 달 뒤에 나오렴!"

"고들빼기야! 뜨문뜨문 있지 말고 캐기 좋게 몰려 있어라!"

"명아주야! 키가 엄청 커져서 거름이 되어주렴!"

이런 능력이 생긴다면 전국 김매기협회 회장은 따 놓은 당상이다. 뭐 그렇다는 얘기다. 상상만 해도 기분이 좋다.

곡식은 거저 얻는 것이 아니다. 심기만 하면 절로 얻어지는 것이 아니라 농부들이 이 삼복더위에도 풀과 사투를 벌이며 일궈낸 땀방울의 결실이다. 아버지 땀방울이 스며든 과일과 채소로 음식을 해 먹을 때면 감사하고 경건한 마음으로 먹는다. 그리고 이것을 준 자연에도 감사하다. 사서 먹는 이들도 농부들에게 감사한 마음으로 먹었으면 하는 바람이다.

그런데 가끔 마음이 불편할 때가 있다. 채소나 과일을 살 때 모양이며 색깔을 가지고 지나치게 구시렁거리는 사람들을 만날 때다. 그런 분들을 보면 얄밉다.

농사라는 것이 참 마음대로 안 된다. 인간 뜻대로 될 수 없는 것이 농사이다. 하우스 농사의 경우는 과학이 발달해 어느 정도는 균일한 모양의 과일과 채소들을 생산하고 있다. 하지만 노지 재배는 자연의 움직임에 따라 좌우된다. 햇빛과 바람, 비, 땅의 상태에 따라 모양과 맛이 결정된다. 모양이 제멋대로다. 모든 과일과 채소를 동글동글하고 반듯하게 키우면 좋겠지만 노지에서 재배하면 같은 나무에서도 잘생긴 것, 울퉁불퉁한 것들이 섞여서 나고 벌레들이 갉아먹어 구멍이 숭숭하고 햇빛 덜 받아 누렇게 뜬 잎들이 생기며 감자, 고구마, 당근을 캐보면 못난이 삼형제 인형보다 더 심각하게 생겼다.

마트나 과일가게에 진열된 것들을 보면 어쩌면 하나같이 미끈하고 반질반질하게 잘생겼는지 텔레비전에 나오는 아이돌 같다. 잘생긴 것들로 진열하는 것이 당연한 상술이긴 하지만 그 외의 못생긴 과일과 채소는 어디에 있는지 참 궁금하다. 더미로 파는 곳에서도 못생긴 것들은 끝까지 덩그러니 남아 있다가 떨이로 팔려 간다. 과일이나 채소까지 생김새로 차별 대우를 받다니, 맛은 똑같은데 말이다. 모양이 아닌 한여름 농부의 땀과 정성이 스며들어 제철에 제대로 맛이 들었느냐가 중요한 것인데 말이다.

달력을 꺼내 보니 모레가 중복이다. 내일은 열심히 일하고 모레 중복엔 목욕하지 말라는 엄마의 당부대로 방에서 이불 깔고 강아지처럼 늘어져 뒹굴뒹굴 책이나 읽을 생각이다. 냉장고에 있는 팥도 끓여 팥빙수도 해 먹어야겠다. 그리고 아버지 좋아하시는 족발 사러 시장에 갔다 와야겠다. 덕분에 나도 먹고, 개들에게도 복날 기념으로 하나씩 줘야겠다. 아마 족발 하나씩 물고 나무 그늘 밑으로 가 세상에서 가장 편한 자세를 취하고 뼈다귀를 쪽쪽 빨 것이다.

파리에게

파리들이 현관문과 창문에 다닥다닥 붙어 있다.
문이 열리는 짧은 순간! 서너 마리가 집으로 순식간에 들어온다.
아마 잠입에 성공한 파리는 식탁에 붙어 있는 반찬 부스러기 위에 앉아
"이제 살았어!"라고 생각할 것이다. 나는 이순신 장군이 적군을 향해 칼
을 휘두르는 것처럼 비장하게 파리채를 휘두르며 "다음 생엔 예쁨 받는
강아지로 태어나라!" 주문을 외운다.

서울 나들이

친한 후배가 오랜만에 개인전을 열어 서울에 간다.

촌놈! 이발소도 다녀오고 아껴둔 바지도 꺼내 입고 혹시나 신발 벗을 일이 있을까 싶어 구멍 나지 않은 양말도 확인하고 어제 햇볕 좋은 날 치약 발라 깨끗하게 광낸 운동화를 꺼내 신었다. 기차를 타고 몇 시간 걸려 서울로 간다. 신나는 마음에 사이다와 계란도 사 먹고 바나나 우유에 오징어 땅콩 과자도 사 먹는다.

그런데 번쩍거리는 청량리역에 도착하자마자 머리가 지끈지끈 아프고 소화도 잘 안 되고 자동차들의 매캐한 매연에 금방 목도 아프다.

"아이구 머리야!" 하며 전시장에 갔더니 낯선 사람들과 많은 사람들에 몸이 로봇처럼 굳어진다. 한꺼번에 많은 사람들을 보니 눈의 초점도 제대로 못 맞춘다. 그리고 간만에 만난 후배에게 나도 모르게 평소보다 더 많이 주책을 떤 것 같아 내내 찜찜했다. '아휴! 이 주책아!'를 되뇌며 다시 기차를 탔다.

집에 돌아오니 살 것 같다.
집이 참 좋다.

아! 그런데 햄버거 사 먹고 오는 걸 깜박했다.

자작자작한 강된장국, 살짝 찐 부드러운 호박잎,

향긋한 도라지무침, 몰캉몰캉한 가지무침,

사각사각한 노각무침, 불에 살짝 올린 더덕구이.

아침부터 큰 양푼을 준비해야겠다.

아들 자랑 1

학기말 시험에서 성적이 다섯 손가락 안에 들어가 단상에 올라가 교장 선생님께 직접 상장을 받았다는 얘기를 아들 희구가 집에 돌아와서 한다. 뒤에서부터 세는 게 더 빨랐던 등수가 이제 앞쪽에서부터 세는 게 훨씬 빠르다. 희구의 성적 상승 곡선은 학교에서도 이미 전설이라고 한다.

'아! 이 기쁜 소식을 누구에게 자랑을 해야 하나!'

'집안 식구들에게 다 알려야 하나?'

일단 아버지께는 알려드리고 장인, 장모님께도 알려드렸다.

'형과 누나들에게도 알려야 하나?'

자랑하고 싶은 마음이 마구 치솟아 올라 별일도 없이 누나에게 안부 전화를 해서 이 얘기 저 얘기 하다가 기어이 목이 간질간질한 것을 참지 못하고 아들 자랑으로 혼자 떠들다가 수화기를 놓았다.

그리고 또 누구에게 자랑을 해야 하나 전화기를 만지작만지작한다. 겸손해야 하는데 입이 근질근질하다.

고등학교에 들어가기 전 노는 데 미쳐서 산 게 나의 아들이었다. 집에 들어오는 게 제일 싫다고 했던 녀석이었고, 시내 어디선가 배회할 아들에게 밤마다 전화기로 "이제 집으로 들어와라!"라고 수없이 타이르고 찾으러 다니는 게 불과 얼마 전까지 나의 일상이었다.

"넌 꿈이 뭐니?" "뭐 하고 싶은 게 없니?"

수없이 물어봐도 하고 싶은 일이 딱히 없다고 하던 아이가 꿈도 생기고 스스로 배움의 즐거움을 깨우치니 대견하다. 그리고 공부의 즐거움을 늦게 알게 된 만큼 모자람을 채우기 위해 몇 배 더 노력하는 게 보인다. 다른 사람들과의 관계도 원만하고 마음 씀씀이도 넓어지니 사람이 돼가는 것 같다. 행여 안전모도 쓰지 않은 채 굉음을 내며 오토바이나 타고 어설픈 어른들 흉내 내는 아이가 되지 않기를 밤마다 기도했는데 스스로 길을 찾아가는 걸 보니 이보다 기쁜 일이 어디 있겠는가!

'인생 어디 쉬운 길이 있겠냐!'라며 나를 위해 항상 기도했던 엄마처럼 나도 아이를 위해서 기도한다.

"울 아들 가는 길 막힘없이 술술 잘 풀리게 해주세요!"

아들 자랑 2

내가 고등학교 1학년 때 처음 자발적으로 산 책은
《선데이 서울》이었다.
너무 열심히 봐서 책에 구멍이 날 뻔했다.

아들 희구 책상 위에 아주 글씨 작고 두꺼운
법학서적 한 권이 있다.
희구에게 물어보니 공부하다 심심할 때 읽을 거라고 한다.

나보다 몇 백 배는 낫다.

3

가을이 오니,
나누기 딱 좋다

가득한 가을날

우리 집 고추밭에 잔치가 열렸다.

"동네 잠자리님들! 화끈한 춤판이 열렸으니 다 모이세요!"라는 이장님의 동네 방송이라도 나온 것처럼 동네 잠자리들이 모두 모인 듯하다. 정확히 세어보니 천네 마리이다. 많이도 모여 춤을 춘다. 남철, 남성남 아저씨의 '왔다리 갔다리' 춤부터 트위스트, 맘보 그리고 전위 무용가나 선보일 법한 난해한 춤사위까지 다양한 춤판이 벌어졌다. 잘도 춘다. 불타는 탱고마냥 우아하게 날다가 180도 급회전하고 급강하하는 묘기가 펼쳐진다. 내 눈이 호강이다.

예전 성남비행장에서 보았던 조카의 비행기 쇼보다도 천 배는 더 재미나다. 게다가 철수 잠자리, 영희 잠자리의 사랑 비행은 19금 영화라도 보는 듯 짜릿하다. 혹 그들의 뜨거운 비행에 방해가 될까 봐 열여섯 살 소년처럼 숨죽여 본다. 잠자리들의 가을 비행에 지상 최고 조명인 석양의 주황빛과 붉은빛이 묘하게 섞이면서 더욱 장관을 이룬다. 혼자 보기 참 아깝다. 이 잠자리들과 함께 잠자리 극단을 만들어 공연하면 극찬을 받을 것이다.

잠자리들의 멋진 춤사위에 홀려 땅에 퍼질러 앉아 구경하다 보니 해 넘어 가는 것도 잊었다. 얼른 고추 따는 일을 마무리하고 집으로 돌아왔다. 집으로 돌아오는 길이라고 해봤자 50미터 남짓이지만, 잠자리들의 공짜 춤 공연에 나도 흥이 나서 오는 길에 이문세의 〈붉은 노을〉을 신나게 불러 젖히니 몸과 마음이 잠자리처럼 날아갈 것만 같다.

집에 돌아오자마자 옥상으로 올라가 아침부터 말린 고추들을 갈무리했다. 빨간 고추들이 물기 하나 없이 잘 말라 있다. 고추 색깔도 검붉고 윤기도 좌르르한 게 최상품 태양초이다. 올해 김치는 끝내주게 맛있을 것 같다. 다리도 불편하신 아버지께서 하루 종일 옥상으로 오르락내리락하시며 말린 보람이 있다. 그냥 건조기에 말리면 금방일 텐데 굳이 힘들게 오랫동안 태양에 말리시겠다고 고생을 사서 하신다.

마당에 펼쳐놓은 참깨들도 하루 종일 따사로운 햇볕을 받고 잘 말랐다. 만져보니 보드라운 모래마냥 사그락사그락거린다. 올해 깨 풍년이라 고소한 참기름 아깝다고 덜덜 떨지 않고 요리에 듬뿍 넣어도 될 것 같다. 또 다른 한쪽엔 언제 썰어 널어놓으셨는지 가지와 호박이 가지런히 잔뜩 말려져 있다. 먼지나 흙이 들어갈까 봐 나름 채비를 해놓으셨는데도 불구하고 먼지가 다닥다닥 붙어 있다. 뭐 나중에 깨끗이 털고 씻어 먹으면 될 것 같다. 내일은 옥상에다가 말려야겠다. 혹 엄마가 하늘에서 이 광경을 보셨다면 깨끗이 못했다고 혼쭐났을 것이다. 물론 아버지는 엄마의 잔소리를 뒤로한 채 어디론가 스윽 사라지셨겠지만!

거둬들인 곡식들이 하나둘 곡식창고에 쌓여가니 아무튼 뿌듯하다. 부모님 품같이 넉넉한 이 가을이 좋다. 다가올 추석이 벌써부터 설렌다.

어렸을 적엔 세뱃돈 생기는 설날이 훨씬 좋았지만 장가든 후엔 추석이 훨씬 좋다. 조카들이 많다 보니 설날엔 나가야 할 세뱃돈이 많은 탓도 있지만 말이다. 가을 햇곡식에, 햇과일에, 햅쌀로 만든 떡들을 배불리 먹을 수 있고, 무엇보다 좋은 건 봄부터 농사지은 곡식을 내다팔아 돈도 만들고 남은 건 가족과 여러 사람에게 나눠줄 수 있어서이다. 가끔 노력한 대가를 제대로 받지 못해 괴로울 때도 있지만, 이 가을날 자연으로부터 얻은 많은 것들에 대해 자연과 신께 감사드린다.

내가 사는 영주시에서는 추석 대목으로 사과 시장이 벌써 들썩들썩하다. 정확한 지명은 영주시 풍기읍, 바로 경계에 붙어 있는 안정면인데 이곳엔 전국에서 가장 큰 규모의 사과 시장이 선다. 풍기는 인삼으로 유명한 곳으로 대부분 알고 있지만 오히려 사과 시장이 더 클 것이다. 이곳 산과 들엔 빨간 사과들 천지다.

9월에 들어서면 풍기에서만 연출되는 진풍경이 있다. 추석 공판장으로 이어진 신작로 길목마다 길게 늘어선 차들의 행렬이다. 어떤 공판장은 너무 줄이 길어 아예 번호표를 나눠준다. 사과 가격이 잘 나와 이곳 사과뿐만 아니라 인근 지역의 사과들도 이곳으로 모여들다 보니 추석을 앞둔 며칠은 몇 킬로미터나 이어진 트럭의 행렬을 볼 수 있다. 공판장엔 농부들이 가져온 탐스럽고 빨간 추석 사과들이 넘쳐나고 하늘 높이 쌓여 있다. 이 많은 사과가 다 어디서 오고 또 어떻게 소비되는지 신기할 따름이다. 세상에 사과 좋아하는 백설 공주님들이 많아서일까? 아니면 사과 좋아하는 공주에게 사과 꾸러미를 선물할 왕자님들이 많아서일까? 참 궁금할 따름이다.

아직 전자식 경매가 아닌 손 경매라서 구경하는 재미도 쏠쏠하다. 경매인들의 손짓과 경매 가격에 따른 농부들 표정 변화도 재미나다. 원하는 가격보다 잘 나오면 웃음꽃이, 가격이 잘 안 나오면 얼굴에서 울긋불긋 열꽃이 피어오른다.

우리 집도 몇 해 전까지 사과 농사를 지었다. 나도 추석 이맘때 이 긴 행렬의 일원으로 밤새 공판장 앞에서 기다린 다음 사과를 출하시킨 적이 있다. 지금이야 행복한 시절의 기억이지만 그 며칠이 얼마나 졸리고 춥던지 다신 그 긴 행렬에 끼고 싶지 않았다. 겨우 몇 번의 고생이었지만 그날 차 안으로 스며든 추위와 지루함은 아직도 가슴 한편에 생생한 기억으로 남아 있다. 하지만 부모님께선 40여 년 동안 그 추위와 고단함을 참고 사과를 팔아서 이 자식 놈에게 학비를 대주시고 따뜻한 밥을 해주시며 우리를 키워내셨다. 그 생각을 하면 나의 며칠 고생 푸념이 창피할 따름이다.

이제 보름 뒤면 추석이다.

아버지의 창고엔 어디서 구해 오셨는지 빈 봉지와 쌀 포대들이 가득하다. 벌써 창고엔 마늘 일곱 꾸러미, 고춧가루 일곱 꾸러미, 참기름 일곱 병, 단호박 일곱 꾸러미가 가지런히 놓여 있다. 추석에 모일 일곱 자식에게 고루 나눠줄 채비를 하고 계신가 보다. 아버지의 기쁨이긴 하지만 추석 선물을 받을 때마다 가슴이 찡하다. 언제나 아버지의 가득한 창고를 축만 내는 자식이 되길 추석 큰 달 보며 빌어야겠다.

창고엔 마늘 일곱 꾸러미,

고춧가루 일곱 꾸러미, 참기름 일곱 병,

단호박 일곱 꾸러미가 가지런히 놓여 있다.

사과의 맛

명색이 과수원집 아들이었고 한때 잠시 사과 장수였던 나의 이력을 아는 후배가 어떤 사과가 맛있냐고 묻는다.

사과의 맛이라?

"그냥 사각사각하고 혀에 단맛이 사르르 녹는 게 맛있는 사과지"라고 대답하곤 너무 무성의하게 답을 한 것 같아 미안한 마음이 들었다. 다음에 만났을 땐 제대로 답해주고 싶어 집에 돌아와 곰곰이 생각해보았다.

나만 그런 건지는 몰라도 자기 집에서 키우는, 특히 먹고살기 위해 키우는 과일들은 애증이 묻어 있어 그리 즐기는 편이 아니다. 기억을 더듬어보니 과수원집 아들로 태어나 사실 어렸을 적엔 성한 사과는 추석과 설날 외엔 몇 번 먹어본 적이 없는 것 같다. 바람에 떨어지거나 아니면 반쯤 썩은 사과를 도려내 먹은 기억밖에 없는 것 같다. 그래도 머릿속에 잊히지 않는 강렬한 사과의 맛이 있다.

연두빛 싱그러운 아오리가 끝물인 8월 말쯤 손이 닿지 않거나 상품이 될 것 같지 않아 남은 빨간 아오리는 과수원집 손자 희구도 인정한 최고의 맛이다.

아오리는 대략 8월 중순부터 나무 아래로 낙과가 시작되는데 사과나무 꼭대기에 어렵사리 붙어 있는 빨간 아오리는 사과 중에 으뜸이다. 아오리의 상품 가치는 7월 말과 8월 초 피서철에 최절정이라 8월 말경 빨간 아오리를 시중에선 쉽사리 구경할 수가 없는데, 이걸 한 번이라도 맛본 사람은 일부러 찾아다닌다.

그리고 코스모스가 가을바람에 한들한들한 초가을!

따사로운 햇볕을 받은 쪽은 부끄러움 많은 새색시 볼처럼 빨간, 그리고 반대편은 살짝 연둣빛이 도는 홍옥은 사는 게 바빠서 잠시 잊었던 혼자만의 첫사랑, 담벼락 높던 이층집 순이의 추억을 떠올리게 하는 싱그럽고 아련한 첫사랑의 맛이다.

나무 한 그루에서 열 개쯤 따도 아버지께 걸리지 않을 만큼 주렁주렁 많이 달린 홍옥 하나를 뚝 따서 바지에 쓱쓱 닦아 한입 베어 먹으면 온몸이 짜릿하다. 요즘 다시 과일가게에 홍옥이 나와 있는 걸 보니 싱그러운 추억이 떠올라 웃음이 난다.

그리고 나에게 무엇보다 잊히지 않는 최고의 사과 맛은 10월 말 첫서리를 맞고 살짝 언 부사의 맛이다. 요즘은 개량된 부사 종류가 굉장히 많지만 '후지'라고 불리는 부사는 늦가을 서리를 맞거나 새벽 추위에 살짝 언 후 설 대목 출하를 위해 저장고용 사과로 수확하는데, 동네 할머니들과 먼 친척 할머니 몇 분이 아침부터 모여 사과를 따신다.

아침 추위가 가을볕에 아지랑이로 변할 즈음 따끈한 배춧국 새참을 드신 엄마의 먼 친척 귀자 이모께서는 따로 빼놓은 삼분의 일쯤 썩은 사과를 숟가락으로 파내셨다. 한때 고왔을 마디 굵은 손에 '스텐' 숟가락을 쥐고 싹싹싹 긁어서 사과 잼처럼 파 드시는데, 그 옆에 제비 새끼마냥 입을 벌리고 있으면 내 입에도 가득 넣어주시던 그 사과의 맛이야말로 단연 최고였다. 할머니들의 예사롭지 않는 숟가락질에 사과 껍질이 종잇장만큼 얇아져서 속이 텅 빈 바가지처럼 되는 것도 신기했다. 씹지 않아도 입에서 살살 녹아 들어가는 것이 꿀맛이다. 지금 생각해보니 다들 치아 상태가 좋지 않아 숟가락으로 박박 긁어 드셨던 것 같은데, 이제 모두 돌아가시고 그 사과 맛만 남아 있다.

이후 나도 몇 번 숟가락으로 해보았는데 옛날 그 맛이 안 난다. 부드럽게 갈리지도 않고 달지도 않았다.

동네 할머니가, 귀자 이모가, 엄마가 햇볕 들어오는 과수원 땅바
닥에 앉아 박박박 순가락으로 긁어 주셔야 그 맛이 나나 보다.

새 친구

이건 순전히 나의 욕심이다.

손을 하늘로 내밀면 작은 새가 살포시 다가와 앉는
모습을 보면 한없이 부러웠다. 새와 교감하는 사람,
새를 움직일 수 있는 사람! 부럽기도 하고, 새들을 움
직일 수 있는 용한 사람처럼 보이고도 싶었다.

매일 아침밥을 솥에 안치기 전 부엌 창문을 열고
쌀을 한 줌씩 뿌려놓았다. 처음엔 한두 마리 오더니
나중엔 사촌들, 그리도 동네 새들이 다 몰려오기 시작
했다. 조만간 읍내 새들까지 다 몰려올 판이다.

그나마 쌀값이 옛날처럼 비싸지 않아서 다행이지,
잘못하면 새들 모이 주다가 살림 거덜 날 판이다.
그래도 조금씩 새들과 가까워지니 기쁘다.

단감나무 아래서

'이건 세속의 맛이 아니야! 세상에 이렇게 맛나게 단 건 아마도 없을 거야!'

단감나무에서 떨어져 반쯤 터져버린 빠알간 홍시를 갓난아기 다루듯이 조심스럽게 손바닥에 올려놓고 입을 모기 입처럼 뾰족하게 만들어 그 속에 넣고 쪽쪽 껍질이 해질 만큼 빨아 먹었다. 며칠 전 감나무 밑 까치가 내가 근처에 가도 도망갈 생각을 않고 홍시 먹는 걸 보고 도대체 얼마나 맛있으면 저러나 해서 나도 땅에 떨어진 홍시를 맛보았다. 폼에 죽고 폼에 사는 나인데, 너무 맛있어서 다 파먹은 다음에도 우리 집 똥강아지들마냥 혓바닥을 최대한 뺄 수 있을 만큼 힘껏 빼어 입가에 묻은 것까지 살살 핥아먹었다.

이건 정말 깊은 오대산에서 나오는 꿀의 맛과도 다르고 맛난 스위스산 초콜릿 맛도 아닌, 하늘님께서도 특별한 날 별식으로 드실

만한 신세계의 달달함이다. 감히 이 맛을 평가하자면 지상 최고의 달달한 맛이다. 감을 즐기는 편이 아니라 그냥 지나치기만 했던 과거가 원망스럽고, 돌아가신 엄마도 예전에 왜 딱 한 번만 내게 권하고 혼자 드셨는지 이제야 알겠다.

남은 홍시가 또 없나 나뭇가지 위를 쳐다보니 한 개가 달랑달랑 매달려 있다. 영화 〈반지의 제왕〉에서 반지의 유혹에 빠져들어 혼이 나간 주인공이 반지에게로 스르르 달려가듯 나 또한 홍시의 유혹에 빠져 나무 위로 빨려 들어간다. 호시탐탐 홍시를 노리고 있는 까치들의 먹이가 되기 전 얼른 내 소유로 만들어야 한다는 생각밖에 안 들었다.

하지만 제일 높은 사다리와 대나무 장대로도 안 닿을 만큼 높은 곳에 매달려 있어 한참이나 멍하니 나무 꼭대기만 올려다 봐야 했다. 돌을 던져 떨어뜨릴까 아니면 나무를 흔들어 떨어뜨릴까 하는 생각도 했지만 둘 다 무리수인 것 같아 포기했다. 바람 불기만 기다렸다가 전래 동화에 나오는 호랑이처럼 밑에서 입 딱 벌리고 있어야 할 것 같다. 언제 떨어질지 모르겠지만 꼭 먹고 말 것이다. 가끔 감나무에서 떨어져 다쳤다는 사람들 이야기를 듣게 되는데 분명 이 홍시 맛을 아는 사람들 얘기일 것이다.

이 맛난 홍시를 매다는 나무는 집 마당 앞쪽에 있는데 한 서른 살쯤 되었다. 그런데 이 나무는 오 년 전 겨울 강추위에 하마터면 죽을 뻔한 나무이다. 영하 20도 근처까지 떨어졌으니 정말 대단한 겨울이었다. 게다가 이곳 풍기는 소백산에서 내려오는 매몰찬 바람 때문에 체감 온도는 거짓말 조금 보태어 영하 100도 정도 될 것이다. 이 강추위 때문에 여름이 지나도록 나무에서 새순이 나올 기미가 보이지 않자 아버지께서 감나무는 한번 얼면 살릴 수 없으니 베어버리라고 하셨지만 내가 우겨서 살려보겠다며 베지 않은 나무이다.

나무가 언 후 매년 늦가을 추위가 오기 전 짚으로 꽤 두껍게 몸을 감싸주고 감나무 옆을 지나칠 때마다 인사하며 "살아다오! 살아다오!"라고 마음속으로 기도한 나무라 더욱 애착이 간다. 죽고 사는 것은 하늘의 뜻이라고는 하지만 내 불찰 같아서 미안하여 더 간절히 기도한 것 같다. 사실 이전엔 감나무가 그렇게 추위에 약한지도 몰랐고, 혹 알았다 하더라도 꽤 나이가 있는 나무이니 '잘 견디겠지!' 하고 그냥 무심히 지나쳤을 것이다.

이 년 전부터 밑동에 새순이 다시 솟았다. 올봄 가지마다 꽃눈이 맺힌 걸 보고 얼마나 기쁘던지 감나무를 안아주면서 "고마워! 고마워!" 하고 쓰다듬어주었다.

올해 단감이 많이 열렸다. 대략 100여 개쯤 열린 것 같다. 오 년 만에 다시 열린 단감을 추석 차례 상에 정성스럽게 올렸고 얼마 전 다녀온 엄마 산소에도 올렸다. 아마 다시 살아난 감나무의 단감을 맛보시며 조상님과 엄마도 좋아하셨을 것이다.

그리고 단감 좋아하시는 장모님께도 갖다 드렸고, 형제들과도 고루고루 나눠 먹었다. 올핸 일조량이 풍부해 단감이 어느 해보다 맛있어서 형제들도 더 남은 것 없냐고 전화까지 할 정도였다. 살아난 것만 해도 기쁜데 단감까지 넉넉히 열리니 행복하고 고맙고 감사하다.

이런 것을 보면 모든 건 정성으로 통하는 것 같다. 기무라 아키노리의 '기적의 사과'처럼 사과나무에게 정성을 다하듯이 모든 일을 한다면 안 될 것이 없을 것이다. 사람을 대할 때나 자연을 대할 때 진심으로 사랑하고 정성을 다한다면 혹 시간이 오래 걸리더라도 모든 게 순리대로 잘될 것이라고 믿는다.

내일 아침 해가 밝으면 아버지를 꼬옥 안아드릴 생각이다. 잘 키워주셔서 감사하다는 내 마음과 오래오래 건강히 사시라는 소원을 담아서. 그리고 사랑하는 아내도 안아주고 여드름투성이 아들도 안아주고 나랑 재미나게 놀아주는 강아지들도 꼬옥 안아주어야겠다. 과수원의 나무들도 시간이 날 때마다 한 번씩 모두 안아주어야겠다. "모두 모두 고마워!"라고.

• 내가 호랑이처럼 입 벌리고 떨어지기만을 기다렸던 홍시는, 오후
에 잠깐 읍내 나간 사이 땅에 떨어져 울 아부지께서 맛나게 새참으
로 드셨다고 저녁 식사 때 말씀하셨다. 내 건데…….

가을부터 시작

아침부터 소백산 밑으로 잿빛 구름이 낮게 깔려 천천히 집 쪽으로 밀려들어 온다. 이미 해 뜰 시간이 훨씬 지났음에도 불구하고 날이 어두침침한 것이 뭐라도 잔뜩 내릴 기세이다. 아침이면 항상 조잘거리던 우리 집 참새 가족과 박새 가족은 벼 이삭을 주우러 갔는지, 아니면 장터 방앗간으로 떡 뽑으러 갔는지 오늘따라 모두 조용하다. 바람도 없는 것이 꼭 시간이 정지해 있는 것만 같다. 다만 회색빛 하늘 위로 황새인지 왜가리인지 모를 큰 새 한 마리가 날아가며 정지된 풍경이 아님을 일깨워준다.

밖에 둔 세숫대야에 살짝 얼음이 낀 걸 보니 새벽엔 영하로 떨어졌나 보다. 날도 우중충하고 으스스한 것이 자꾸 오줌만 마렵다. 아직 이르긴 하지만 마음속으로 오늘 첫눈이 내리길 바라본다. 마음속에 일어난 약간의 동요에 야생화 차를 우려 마당에 들고 나와 잠시 여유를 가졌다. 스님께서 마음이 편해질 것이라며 한지에 곱게 싸 주신 차다.

밭은 거의 추수가 끝나 김장할 배추와 무, 쪽파 그리고 대파만 한구석에 남아 약간의 초록 기운을 보여주고 있다. 이것 또한 며칠 뒤면 다 수확돼 겨우내 먹을 김치로 변신할 것이다. 휑하니 비어가는 밭들, 치열하게 여름을 이긴 나무들을 바라보니 들떴던 마음이 침착해진다.

따끈한 차에서 올라오는 향기에 하늘나라에 계신 엄마는 잘 지내시는지, 첫사랑 이층집 순이는 어디서 잘 먹고 잘 사는지, 잊힐 듯 가물가물한 소중한 인연들도 다시 꺼내어 그들의 안녕을 기도한다. 같이 살았던 강아지들인 샤니, 바둑이, 이쁜이, 도베르, 흰둥이, 검둥이, 풍기, 따구, 소라도 차례대로 기억해본다. 사는 게 바쁘다 보니 계절 타는 것도 여유로운 사람이나 타는 것이라고 생각했는데 무덤덤한 나도 계절을 타나 보다.

'또 한 해가 이렇게 가는구나' 하며 달콤한 기억들로 흐뭇한 웃음을 짓고 있는데 어디선가 요란한 소리가 들려온다.

"타타타타타타타 탈탈탈탈탈탈타타타타타타타타 타알타알타알 타알!"

우리 집 경운기인지 옆집 경운기인지 둔탁한 경운기 엔진 소리에 향기롭던 추억과 사색의 시간들이 한순간에 다 흩어져버리고 만다. 에잇! 좋았는데. 그리고 잠시 후 내 귓가에 아버지의 우렁찬 목소리가 들려온다.

"야야! 마늘 밭에 똥거름 나르자."

산더미같이 쌓인 똥거름을 밭에 옮길 시기가 온 것이다. 초가을에 들여온 잘 발효된 똥거름과 우리 집 퇴비를 함께 발효시켜 이제 밭에 뿌릴 시기가 온 것이다.

끝이 아니라 다시 시작이다.

농사는 봄부터 시작하는 것이 아니라 가을부터 시작인 것이다. 내년 봄 수확할 마늘 밭에 듬뿍 뿌리고 호두나무와 매실나무에도 차례대로 줘야 한다. 아마 보름 정도는 해야 할 것 같다. 그리고 매실나무 가지치기와 호두나무 심기를 춥기 전에 해야 하니 며칠 시간 비워두라고 아버지께서 말씀하신다. "아이구야! 할 일 드럽게 많네!"라는 말이 나도 모르게 입에서 툭 튀어나온다.

옷을 갈아입고 경운기에 퇴비들을 한 삽 한 삽 올려 싣는다. 삽질 100번쯤 하니 벌써 땀에 흠뻑 젖어 몸에서 연기가 난다. 그나마 다행인 것이 발효가 잘되어 경운기에 실어 올리기 딱 좋다. 하지만 몇 경운기 나르고 나니 허리가 슬슬 아파온다. 얼굴에선 똥내와 땀내가 뒤범벅이 되어 입가로 스며들어 온다.

사서 먹으면 훨씬 편하고 좋으련만 아버지께선 고기와 생선 빼곤 모든 걸 자급자족하신다. 직접 키우셔야 직성이 풀리신다. 당신이 키운 것들을 자식과 주위 사람들에게 나눠주는 일이 행복한 일이라며 즐겁게 일하신다.

뭐라도 하나 키운다는 건 보통 정성으로 되는 것이 아니다. 거저먹는 게 어디 있겠는가! 일 년 내내 뿌리고 다지고 뽑고 보듬고 해야 수확의 기쁨을 누릴 수 있다. 아마도 대부분의 사람이 가을걷이가 끝나면 농촌은 한가하게 화투나 치며 여유시간을 가질 것이라고 생각하겠지만 실은 할 일들이 수북이 기다리고 있다.

오후엔 아버지께서 쌀과 김장에 들어갈 젓갈을 사러 가자고 하신다. 아마 두 가마니쯤 사실 것이고 온갖 종류의 젓갈을 사실 것이다. 왜 이리 많이 사시냐고 여쭤보면 겨울 동안 먹을 쌀을 가득 사놓아야 안심이 된다고 하신다. 쌀에서 수분이 빠지면 맛이 없다 하여도 넉넉한 것이 좋다고 하신다. 이런 아버지 덕에 한 번도 집에 쌀 떨어져본 적이 없었다. 항상 감사하고 고마울 따름이다. 따뜻함이란 누군가의 희생과 땀의 결과라는 걸 또 깨닫는다.

일이 끝나갈 무렵 빗방울이 떨어지기 시작했다. 첫눈은 아직 멀었나 보다. 오늘 일은 여기서 땡이다. 얼른 들어가서 뜨거운 물에 목욕하고 밥 먹어야겠다.

"나, 밥 줘!"

따뜻한 집, 따뜻한 밥, 따뜻한 가족이 있어 행복하다.

• 풍년이라고는 하지만 올해 정말 과일 값이나 곡식 값이 형편없어 참 힘든 시기인 것 같다. 장날 조금이라도 더 값을 받기 위해 최근 농장주들이 직접 장에 팔리 나온다. 농사만 열심히 지어도 될까 말까 한데 판매에도 뛰어들어야 살아남을 판이니 문제가 심각하다. 먹을거리를 제공하는 농촌이 따뜻해야 도시도 따뜻할 텐데 참 걱정이다.

고향의 냄새

가을걷이도 끝나기 전, 집 앞에
내년에 쓸 돼지 똥거름을 받았다.
봄이 되기 전 거기에 각종 퇴비 첨
가물과 아버지만의 40년 농사 비
법(?)을 첨가하여 최고의 거름을
만드신다.
그런데 문제는 완전히 발효되기 전
까진 돼지 똥거름 냄새를 한동안 마
셔야 된다는 것이다. 특히 볕이 들
기 시작하는 아침엔 더욱 고약하다.
당분간 파아란 하늘 아래 가을 햇살
받으며 야외에서 아침 커피 마시긴
글렀다.
음! 고향의 냄새!

보물창고

서늘한 새벽 가을 추위에 흔들린 매실나무 이파리들과 언제나 푸를 것 같던 사철나무 이파리들이 누렇게 떠 작은 바람에도 마당 주위를 팔랑거리니 여간 소란스럽지 않다. 게다가 마당 빈 공간엔 고추, 깨, 더덕 씨, 콩, 팥, 녹두 등 수확한 곡식들과 씨앗들이 빽빽하여 발 디딜 틈이 없다. 큰 비닐과 천막들 그리고 바람에 펄럭거리는 걸 방지하기 위한 돌 한 무더기까지 마당에 펼쳐져 있으니 정신이 사나울 정도다. 나야 가을이면 늘상 보는 익숙한 풍경이라 무덤덤하지만 간만에 온 식구들과 도시 손님들 눈엔 아마도 지저분하게 보일 것이고 '왜 이렇게 지저분하게 해놓고 사나?' 할 것이다.

이 소란스러운 풍경에 청소가 취미인 형은 도저히 참을 수 없었나 보다. 서울에 일이 있어 내가 잠시 집을 비운 사이 간만에 내려온 형이 대청소라며 집을 깨끗이 청소해놓았다. 빈 병이며 끊어진

전선과 나일론 끈들, 어설프게 놓인 비닐, 빈 플라스틱 병들, 녹슨 고철 등 집 앞에 굴러다니는 낡은 물건들을 깨끗하게 정리해놓았다. 마당에 펼쳐진 곡식들도 가지런히 정리되니 여유 공간이 생긴다. 바람에 날려 갈까 봐 이 구석 저 구석 틈 사이에 끼워놓았던 빛바래고 녹슨 물건들도 깔끔하게 치워버리니 집이 시원해 보인다. 사실 언젠간 한번 정리해야겠다는 생각을 했지만 아버지께서 절대 치우지 말라고 하셔서 미루고 미룬 상태였다. 뭐라도 하나 버리려면 아버지랑 한참 실랑이를 벌여야 한다.

그런데 문제가 생겼다.

형이 가고 며칠이 지난 후, 풀씨가 번지기 전 올해 마지막 풀 깎는 작업을 하려고 보니 밖에 벗어둔 나의 흙투성이 신발과 옷이 없어졌다. 정확히 말하자면 제초 작업 때 신는 작업화와 작업복이 없어진 것이다. 제초기 칼날에 돌이 튀어 안전화와 두꺼운 바지를 꼭 입고 작업을 해야 하는데 이것이 없어진 것이다. 아마도 형의 눈엔 낡아빠진 신발과 옷이니 버리는 것이 당연했을 것이다. 요전 밤늦게까지 제초 작업을 한 후 힘든 나머지 둘둘 말아서 마당 구석에 벗어 던져놓았으니 순전히 내 잘못이 크다.

그리고 저녁 식사 때 아버지가 바깥 책상 위에 있던 낡은 나일론 끈 뭉치를 혹시 못 봤냐고 내게 물으셨다. 들깨 묶으려는데 아무리 찾아도 없다고 하신다. 아마 이것도 형의 손에 깔끔하게 청소된 것 같다.

농촌의 집들은 어설퍼 보인다. 남루해 보인다. 수신이 잘 되지 않아 지지직거리는 텔레비전 앞에 형제들이 옹기종기 모여 앉았던, 간식거리 하나에 행복한 웃음이 흘러나왔던 추억의 집들이 동네엔 아직도 남아 있다. 그 집 앞이나 뒤에는 예전엔 반짝반짝 새것이었던, 언제 다시 쓰일지 모를 오래된 물건들이 수북하다. 우리 동네뿐만 아니라 다른 지역을 여행할 때 넌지시 들여다본 시골 동네의 모습은 모두 비슷비슷하다. 저 동네를 가도 우리 동네 같고 우리 동네도 저 동네 같다. 물론 농촌에도 깔끔하게 정리정돈이 잘되어 있는 집들이 있지만 농사를 짓는 대부분의 좁은 집들은 쌓을 수 있는 공간이 허락되는 한 무언가 잔뜩 쌓아놓는다.

막걸리 석 잔에 취하신 아버지가 젓가락 장단에 맞춰 늘 부르시는 노래 〈유정천리〉처럼 집들이 구슬퍼 보인다. 아버지 얼굴의 주름살마냥 세월의 흔적들이 고스란히 쌓여 있다. 오래전부터 농사를 지어왔던 집이라면 더더욱 그러할 것이다. 날마다 이어지는 고된 노동과 넉넉하지 못한 벌이에 집들은 전혀 어울릴 것 같지 않은 물건으로 채워져 묘한 분위기를 연출한다. 오래전 화려한 색을 뽐내던 집들도 시간의 흐름에 퇴색되어 오래된 장지에 스며든 묵흔처럼 척척하다. 농촌에선 쉽사리 버려지는 것이 하나도 없다. 지금은 군대에 있을지도 모를 옆집 큰 손주가 타던 유모차는 꼬부랑 할매의 발이 되고, 손잡이 떨어진 냄비는 씨앗 바가지로 혹은 강아지라도 키우면 훌륭한 개밥 그릇으로 다시 쓰인다. 쉽게 버려질 만한 비닐봉지나 작은 종이봉투도 차곡차곡 모아둔다. 언젠가는 유용하게 쓰일 테니까.

1973년에 지어진 우리 집. 참 오래도 되었다. 아직 비도 새지 않고 추위를 피할 수 있어 다행이지만 자꾸 여기저기 고장이 난다. 벌이가 넉넉하고 맘의 여유가 있다면 동화 속에 나오는 그림 같은 집처럼 꾸미고, 살림들도 최신으로 후딱후딱 갈아치웠겠지만 고만고만한 땅덩이에서 농사지으며 자식새끼 잘 키워 서울에 있는 대학에 보내느라 평생 여유가 없으셨다.

어찌 보면 부모님 두 분 다 당신 인생이라곤 하나도 없으셨다. 새것에 대한 욕망을 다 지우시고 사셨나 보다. 넉넉히 먹고살 만한 지금도 쉽게 버리는 건 하나도 없다. 집에 있는 모든 것들은 최소 30, 40년은 훌쩍 넘은 것들이다. 나보다 나이가 많은 것들이 수두룩하다. 이빨 빠진 그릇, 형에게 물려받은 어릴 적 은수저, 아버지의 오래된 연장들…… 낡고 볼품은 없지만 우리 집 역사를 고스란히 기억해 담고 있다.

바깥 청소를 깔끔하게 끝내고 집 안 청소도 시작했다. 다락방을 열어보니 뭔가 가득하다. 한쪽 구석에서 내가 어렸을 적 가지고 놀던 장난감들이 나왔다. 아버지나 어머니께서 넣어 두셨나 보다. 잊고 있던 추억이 새록새록 되살아났다. 보물들이다. 더 깊이 열어보면 아마 노다지일 것이다. 이렇게 오랫동안 버려지지 않은 내 기억 속의 보물들을 만나니 감사하다. 모든 게 비까번쩍한 요즘. 낡고 헐었어도 가족의 추억이 담긴 고물들이 나한테는 보물들이다.

명절의 가르침

순례의 길을 따라가는 동안,

동료 여행자들은 서로를 지키고 보살필 의무가 있다고 한다.

왜냐하면 빵과 소금을 나누는 사이이기 때문이다.

빵과 소금을 나누어 먹는 것만으로도 진정한 친구가 된다는 뜻이다.

우주정거장 미르호의 러시아 우주비행사들도 같은 의미로 최초의 미국 우주비행사 방문객들을 빵과 소금으로 환영해주었다고 한다.

_《우주에서 떨어진 주소록》중에서

하늘이랑 싹수가 화실에 들어와 잠시 놀았다. 화실 바닥엔 최근 작업하고 있는 토우들이 세워져 있었는데, 그 토우들 사이를 두 마리 개가 한바탕 헤집고 돌아다녀 토우들이 엉망이 되었다. 하나가 넘어지니 주위의 두세 개가 함께 넘어져버렸다.

평소 기부와 나눔을 실천하고 계시는 멘토 한 분께 이런 질문을 드린 적이 있다.

"왜 저를 도와주세요?"

그분이 말씀하셨다.

"혼자 잘 사는 건 별 의미가 없어. 행복하질 않아! 그래서 일단 내 주위 모든 사람이 같이 잘 사는 게 내 목표야!"

혼자 잘 사는 건 진짜 별 의미가 없는 것 같다. 당장 우리 집만 봐도 그렇다. 북녘에 두고 온 가족들 생각에 아버지는 평생을 괴로워하셨다. 즐거워해야 할 명절날이면 항상 눈물바다로 차례 상이 축축하다. 지금이야 아버지의 슬픔을 이해하지만, 어렸을 적엔 명절날이면 항상 불안한 마음으로 갈비랑 새우튀김을 목으로 넘기느라 고생했다. 침이 꼴깍꼴깍 넘어가는데 안 먹을 수도 없고!

엄마의 선물

쏴아악! 씨위익!

밤사이 서풍이 심하게 불었다. 겨울엔 이틀에 한 번꼴로 이런 바람이 자주 불지만 초가을엔 드문 일인지라 괜히 마음이 불안해졌다. 아직 수확하지 않은 옆집들 사과가 걱정이다. 이제 추석까지 얼마 남지 않은 시기라 더욱 마음이 떨리고 조급해진다. 우리 집도 아직 사과 농사를 짓고 있었다면 가슴이 철렁했을 정도로 센 바람이다.

소백산 죽령에서 풍기로 내려오는 산바람은 예로부터 성난 산할매의 심술처럼 고약하기로 유명했다. 날카로운 금속이 서로 부딪치는 소리, 낯선 동물들의 울음소리 같은 기괴한 소리, 아귀가 맞지 않는 오래된 문짝의 덜컹거림, 나무와 나무 사이로 나는 으스스한 소리, 그리고 유리창 밖으로 비치는 그림자의 불규칙한 흔들림에 어릴 적 엄마 품속으로 꼭꼭 숨어들던 날들을 떠올리며 늦은 밤 잠들었다.

새벽녘 눈을 뜨니 어젯밤의 소란스러움은 마치 옛날이야기처럼 느껴졌고, 언제 그런 일이 있었냐는 듯 너무나 평화로운 아침이다. 하지만 마당을 보니 꿈같던 어젯밤 사건의 흔적들이 곳곳에 남아 있다. 부러진 나뭇가지들, 저 멀리 굴러가 있는 세숫대야, 어디서부터 날아왔는지 모를 낯선 비닐과 종이들이 한쪽에 수북하다.

그리고 대문 앞 감나무, 호두나무, 매실나무에서 떨어진 이파리들, 옆집 과수원에서 날아온 사과나무 이파리들이 마당 구석에 수북이 쌓였다. 하지만 초록색 풀들 사이로 갈색, 붉은색이 묘하게 어울려 곱고 예쁘기도 하다. 며칠 전부터 하나둘 껍질이 벌어지기 시작해 나무에서 똑똑 떨어지던 호두가 잔뜩 떨어져 있다. 일찍 나오길 잘했다. 만약 늦장이라도 부리면 동네 터줏대감이자 욕심꾸러기인 너구리 가족과 우리 집 강아지에게 빼앗겨 몇 개 못 챙긴다. 감사히도 오늘은 내가 더 빨리 일어났다. 호두를 양쪽 바지 주머니가 터지도록 넣고 밤사이 별일 없나 과수원을 한 바퀴 둘러본다. 과수원 끝자락쯤 갔을 때 울타리와 풀들 사이로 뭔가 보인다.

와아! 내가 좋아하는 덤불양대다. 꼭꼭 숨어 있던 덤불양대가 어젯밤 바람에 모습을 보인 것이다. 매일 지나친 곳인데 그동안 한 번도 눈에 띄지 않았다. 우거진 풀들과 울타리 사이로 주렁주렁 많이도 열려 있다. 이 정도면 누나들과 형 모두와 나눠 먹을 수 있을 정도로 많다. 안 그래도 며칠 전 시장 할머니들께서 파시는 덤불양대를 보고 생전 입 짧은 나를 위해 양대밥을 자주 해주시던 엄마 생각이 나서 마음이 찡했는데, 이렇게 하늘에 계신 엄마가 아들 위해 봄날 몰래 심어놓으셨나 보다. 오늘은 양대가 듬뿍 들어간 밥을 배가 뽈록하도록 먹고 신나게 하루를 시작해야겠다. 오늘은 소시지 반찬 없이도 두 그릇 뚝딱이다.

엄마! 선물 감사해요.

저녁 소리

찌르르찌르르쯔르르
찌르륵찌르륵쯔르륵
찌르르르르르!
찌르르!

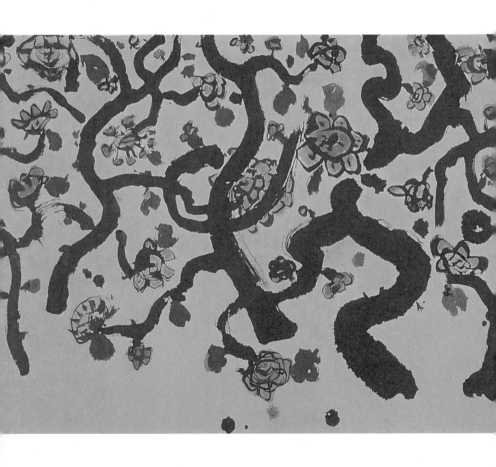

세상에 지렁이 우는 소리가 어디 있냐고 엄마에게 대든 것이 엊그제 같은데
오늘 밤 지렁이 우는 소리에 나도 찌르르 울다 잠든다.

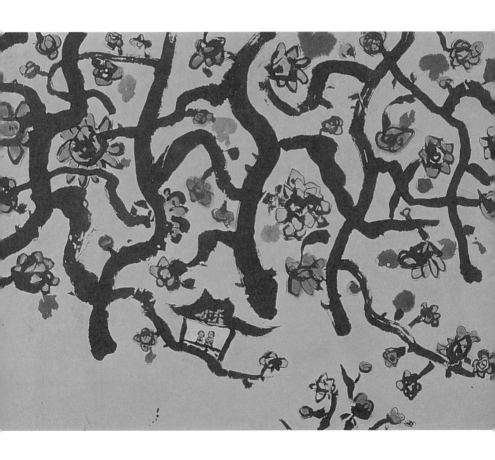

참기름 소식

추석이 곧 다가온다는 사실을 가장 먼저 알려주는 곳은 뉴스 방송국도 아니고 신문사도 아닌 고소한 참기름 냄새 폴폴 흘러나오는 읍내 기름방이다.

읍내 몇 군데 기름방엔 쭈글쭈글한 검은 '봉다리'와 샛별다방에서 나눠준 '벼보리체크(?)' 시장바구니를 든 꼬부랑 할매들이 많기도 하다.

삼십 년 전 동네 고운 새댁이었던 부산댁, 원주댁 아줌마는 이제 쭈그렁 할매가 되어서 '뭐 했니껴'와 '그래니껴'를 말끝마다 억세게 붙이며 겁나게 힘들었던 세월 욕만 늘어놓으신다. 당신의 참깨가 까마쪼록하게 잘 볶이고 있는지, 마지막 한 방울까지 잘 짜였는지는 뒷전이다.

그래도 어제는 장날!

할매들 참기름 냄새는 온 동네에 퍼져 고소한 읍내가 되었다.

추석 땐 더 고소한 냄새가 퍼지겠지!

그리고 참기름은 역시 참소주병에 짜야 더 고소하다.

따뜻함이란 누군가의 희생과 땀의 결과라는 걸 또 깨닫는다.

타짜 가족을 소개합니다

우리 형제들은 현금이 오고 가는 고스톱을 통해 가족 간의 끈 끈한 정을 나누고 교감한다. 가족이 많으니 반만 모여도 광팔이가 두 명이나 되는 거대한 판이 벌어진다. 각자 바쁜 생활이다 보니 어쩌다 모이는 날이면 어김없이 군용 담요가 잔칫집 멍석처럼 펼 쳐진다.

이런 집안 가풍에 힘입어 요상하고 흥미진진한 그리고 알록달록 한 그림들의 움직임을 훔쳐보며 초등학교 1학년 때 고스톱을 익혔 다. 또래 친구들이 구슬치기에 딱지치기로 콧물을 빨며 좁은 골목 길에서 노닥거릴 무렵, 나는 영화 〈타짜〉의 주인공처럼 화투도 다 지지 못하는 조막만 한 손으로 화투 치는 연습을 하며 시간을 보냈 다. 그리고 친구들에게 이 재미난 놀이를 전파하며 우쭐거렸다.

살아가는 데 꼭 필요한 더하기, 빼기, 곱하기, 나누기를 학교에서 배운 것이 아니라 가족들이 치는 고스톱을 옆에서 보며 배웠다. 화투의 구력이 벌써 38년째이니 시간 참 빠르다.

아침밥을 물린 후 아들 희구가 할아버지, 할머니 방으로 스으윽 들어간다. 그러곤 시간이 한참 지난 후 엷은 미소를 띠며 나온다. 할머니, 할아버지께서 고스톱을 가르쳐주셨다고 한다. 희구가 초등학교 1학년 때이다. 학교에서 셈을 배우기 전 할아버지, 할머니께 알록달록한 그림이 그려진 패로 산수를 배웠다. 화투를 배운 후 틈나는 대로 할머니 방으로 들락날락했다.

올해 구순이 넘은 아버지는 눈도 가물거리신다. 하지만 자식들과 화투 치는 것을 좋아하시는 아버지를 위해 화투판을 벌인다. 우리 집 화투판은 판마다 '홍싸리'라는 걸 하는데 돼지가 패에 들어오면 번외로 건 돈을 다 가지는 것이다. 어떤 때는 몇 판이고 아무도 먹는 사람이 없어 본판보다 더 큰 액수가 모인다. 그러면 그때 선을 잡은 형제 누군가는 밑장 빼기를 해서 아버지께 돼지를 드린다. 뻔히 다 보이지만 아버지께선 모르신다. 화투판에 잘 끼지 않는 나는 아버지께 유난히 홍돼지가 잘 들어가는 이유를 이제야 알았다. 나도 다음 판엔 선을 잡으면 밑장을 빼서 아버지께 돼지를 드려야겠다.

비 오는 날 부침개

비가 온다.

마당 앞 사철나무 잎에도 가을 빗물이 스며들어 울긋불긋하다.
만만한 여름비라면 옷이 젖든 안 젖든 밭에 나가 뭐라도 하겠지만
찬 기운을 품고 있는 가을비는 피하는 게 상책이다. 몇 시간 방 안
에서 뒹굴기만 했는데도 허기가 져서 뭐라도 해 먹어야 될 것 같아
냉장고를 열어보니 마땅한 재료가 없다. 찬거리들을 마련할 생각으
로 일단 밭 한 바퀴 돌아보기로 마음먹었다.

이런 날엔 부침개가 딱이다. 언제 구멍 났는지 몇 걸음에 비가 새
는 축축한 고무신을 신고 한쪽 대가 부러진 우산을 어설프게 어깨
에 기대고 밭으로 가 아직 꽉 차지 않은 배추 한 포기와 쪽파를 두
손 가득 뽑아 온다.

큰 프라이팬에 기름을 두르고 밀가루 반죽과 함께 파릇파릇한 배

추와 쪽파를 고루 펼치고 노릇노릇하게 굽는다. 오징어나 문어가 있으면 더 좋다. 그림 그리는 게 업이지만 세심하지 못한 내 손이 밀가루를 온 바닥에 뚝뚝 떨어뜨린다. 성격도 급해 그 손으로 냉장고 손잡이를 잡아 허연 손자국을 남기고 또 초장 만든다고 빨간 고추장을 여기저기 줄줄 흘려 부엌이 난장판이다. 성격 급한 것은 엄마를 꼭 닮았다. 처마 끝에 떨어지는 빗소리를 들으며 "따끈따끈할 때 부침개 드세요!"라고 큰 소리로 아버지를 부른다.

생각해보니 비 오는 날이면 편히 쉬셔야 했건만 엄마는 가족을 위해 뭔가 요리를 하셔야 직성이 풀리셨다. 나도 모르는 사이에 엄마를 닮아간다. 그리고 요리에 자신이 붙은 다음엔 엄마가 해주셨던 음식들과 행동들을 더듬어간다.

비 오는 날은 엄마가 숨겨둔 별미를 맛보는 날이다. 봄날엔 콩가루를 묻혀서 살짝 찐 쑥 무침, 손가락만큼 큰 멸치로 우려낸 국물에다 콩가루와 밀가루로 치대어 모양은 일정치 않아도 구수한 면을 넣고 끓인 칼국수며, 늙은 호박에 찹쌀과 대추, 밤, 강낭콩을 넣고 쪄낸 호박 밥을 별 힘 안 들이고 요술을 부린 것처럼 뚝딱 만들어서 식탁에 올리셨다.

당시에는 몰랐다. 그냥 해주시니까 맛있게 먹었고, 엄마의 당연한 일이라고 생각했는데, 그때가 얼마나 행복한 시간이었는지 이제야 알겠다. 이제야 철이 드나 보다.

　가끔 아들 희구에게 요리 솜씨도 뽐낼 겸 정성을 가득 담아 식탁에 내어놓는다. 그럼 옛날의 나처럼 대충 후다닥 먹고 자기 방으로 쏘옥 들어간다.

　그래도 먹었으니 행복하다.

부모 마음

희구가 처음 자전거를 끌고 등교한 날. 하루 종일 마음이 좌불안석이었다.
집사람이 혼자 자동차를 끌고 동네를 나서는 날. 집으로 돌아올 때까지
나는 아무것도 하지 못했다.

일 때문에 서울 다녀오는 길.
자정을 훨씬 넘긴 시각에도 부모님은 불을 켜두고
꾸벅꾸벅 졸음과 사투를 벌이며 나를 기다리신다.
"다녀왔습니다" 인사드리면 그제야 "오냐!" 하고 주무신다.

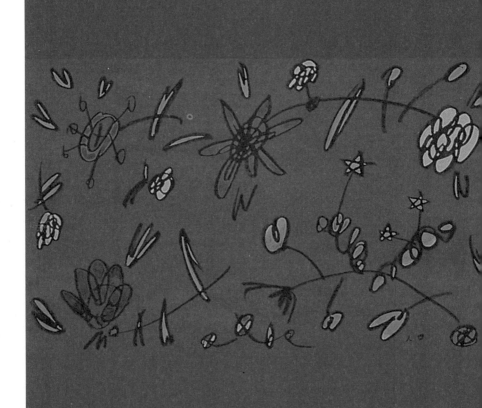

4

겨울이 오니,
꿈꾸기 딱 좋다

그림 속 그들처럼

주말 양평 생활을 끝내고 풍기 집으로 돌아가야 한다. 이틀 동안 갑자기 다가온 추위에 바짝 얼어버린 금잔화, 코스모스, 맨드라미, 황촉규 등 화단의 꽃씨들을 내년에도 다시 보기 위해 추스르고, 앙상한 뼈대만 남은 작물들을 정리하고, 추위를 이기지 못하는 화분도 안으로 들여왔다.

그리고 물이 지나는 배관이나 수돗가도 단단히 단속하고 집사람이 화실에서 불 피우기 쉽게 밑불용 토막나무도 근처 산에서 잔뜩 해왔다. 집 안 구석구석 문제가 생길 만한 곳은 없는지 부지런히 살펴보고 또 조치했다. 장작 난로에 들어갈 땔감 정리 등 내 힘이 필요한 여러 일들이 아직 산더미같이 쌓여 있지만 홀로 계신 아버지께로 돌아간다.

날이 춥다.

입동이 지났으니 앞으로 점점 더 추위가 북쪽에서 몰려올 것이다. 아이와 아내를 뒤로한 채 풍기로 가려니 마음이 찡하다. 화실과 살림집이 붙어 있는, 그리 작지 않은 집. 집 안과 밖의 일들을 아내 혼자 감당하기엔 조금 벅찬 것을 알기에 항상 걱정이다. 혹 주중에 눈이라도 내린다면 매일 차로 통학해야 하는 회구 때문에 꽤 먼 진입로까지 언덕길 눈 치우느라 아내 혼자 고생할 것을 생각하니 마음이 찡하다. 힘이 넘치는 장정들에게도 눈 치우는 일은 만만치 않게 힘든 일 중 하나인데 말이다.

이것저것 신경 쓸 일이 한두 가지가 아니지만 다음으로 미뤄두고 떠날 채비를 한다. 아직 다 싣지 못한 짐을 정리하고 차 앞 유리에 낀 성에를 녹이느라 몇 분 더 지체한다. 옷 사이로 파고드는 송곳 같은 추위에 혹 감기라도 걸릴까 봐 어서 들어가라고 해도, 아내는 떠나는 걸 보고 들어가겠다며 기어이 문 앞에 서서 기다린다. 저지레 심한 내가 가면 오히려 편할 수도 있을 텐데, 그래도 내가 옆에 있는 게 더 든든한 듯 아쉬워한다.

성에가 녹아 앞창이 훤히 보이는 걸 확인하고 "나 간다!"는 짧은 인사와 함께 차를 움직였다. 거울을 보니 여전히 나를 바라보고 있는 아내의 모습이 눈에 들어와 가슴이 시려온다. 며칠 후 행복하게 또 만나겠지만 떠나는 사람과 남겨진 사람 둘 다 힘든 시간이다.

　길 떠나는 나의 안녕을 기도하며 지켜봤던 많은 사람들!
　엄마, 아부지도 그러했고, 사랑하는 가족들도 그러했고, 친구들도
그러했다.
　마치 내가 좋아하는 연담(蓮潭) 김명국의 그림 〈설중귀려도(雪中
歸驢圖)〉의 주인공들처럼 우리 모습이 그러해 마음이 애달프다.

예술의 길

종이를 직접 만들어 쓴다고 하니 모두들 신기해한다. 엄청 힘든 일인 건 알고 있지만 꼭 해보고 싶은 일이었다. 머리 움직이는 일보단 몸을 움직이는 데 훨씬 자신 있다.

대학 다닐 때부터 직접 해보고 싶던 일인데 졸업한 지 20여 년이 지난 이제야 실천한다. 늦가을 산에 가서 닥나무를 채취하고 닥나무를 쪄서 껍질을 벗기고 닥을 잿물에 삶아내서 깨끗하게 씻은 다음 햇볕에 말리고 씻고 말리기를 반복한다. 그렇게 부드러워진 닥 섬유를 방망이로 두들겨 봄부터 길렀던 황촉규(닥풀)를 짓이긴 액과 함께 풀어서 작업에 쓸 종이를 만든다.

시중에 파는 모양의 한지는 아니어도 몇 장의 수제한지를 만들기까지 한 달이 훨씬 넘게 걸린다. 봄부터 황촉규를 기르는 일과 잿물 만들 콩 농사까지 치면 굉장히 오래 걸리는 작업이다. 돈보다는 품이 많이 들고, 오직 자연에서 얻고 빌려 만든 종이이다.

닥풀이 높은 온도에선 상하기 때문에 종이 만드는 일은 추운 겨울에만 할 수 있는 일이다. 그래서 기온이 뚝뚝 떨어지는 겨울, 차가운 물에 담근 손은 부르트고 얼굴색도 여름보다 더 까매졌다. 몸이 천근만근이지만 내가 만든 종이를 보는 것만으로도 나 자신이 뿌듯하고 대견하다. 이거야말로 무에서 유를 창조한 거라며 혼자 신났다.

종이를 만드는 데 온 힘을 쏟은 나머지 지쳐서 며칠간 종이만 매만지며 감상하고 있는데, 옆에서 이 광경을 쭉 지켜봤던 집사람이 한숨을 푹 쉬며 내게 한마디 툭 던진다.

"그런데 그림은 언제 그리려고?"

"무에서 유를 창조하는 게 쉬운 줄 알아?"

사실 종이 만드는 데 온 힘을 다 써서 머리가 텅 비었다.

아! 예술의 길은 참 멀고도 험하다.

나에게 명화는

한동안 김홍도의 풍속화첩도 중
〈자리 짜기〉 그림을 내 책상 위
에 복사해 붙여놓고 매일 감상한
적이 있다. 이 그림을 보면 학교
에서 공부는 안 하고 무의미하게
시간을 보냈을 때 정신이 번쩍 든
다. 시골에 계신 부모님이 내 학
바를 마련하기 위해 해가 깜깜하
게 지도록 일하시는 모습이 눈에
선하다.
열심히 공부해야지!
이 그림이야말로 내게 명화이다.

다 내 덕이야!

방학 시작과 함께 방구석 어딘가에 던져놓은 책가방을 찾아 열어보니 구김이라곤 찾을 수 없이 빳빳한 탐구생활이 얼굴을 내민다. 방학도 수업의 연장이라며 내준 숙제 목록을 보니 앞이 깜깜하다. 몇 밤 지나지도 않은 것 같은데 모레가 개학날이라고 누나가 아침에 알려준다. 오늘 병동이랑 떡개구리 잡으러 가기로 했는데, 아직 놀 거리가 백 가지도 더 남았는데! 방학이 왜 이리 짧은지 이해할 수 없었고, 방학 땐 시간이 왜 더 빨리 가는지 도통 이해되지 않았다.

그건 그렇고 큰일 났다.

깨알같이 적힌 숙제 목록을 당장 눈앞에서 보니 하늘이 노랗다. 탐구생활이야 동네 친구 거 베끼면 되고 그림 숙제와 만들기는 얼렁뚱땅 해결할 수 있는데 방학 숙제의 백미인 일기는 어떻게 해결할 방법이 없다.

'밥 먹고 오늘은 수영을 했다. 참 재미있었다.'

'오늘은 친구랑 산에 올라갔다. 산에서 칡뿌리를 캐서 맛있게 먹었다.'

이런 식으로 며칠은 해결할 수 있지만 한 달간의 사건들과 날씨를 기억해내야 하는 고통이란! 받아쓰기 평균 50점인 나에겐 일생일대 크나큰 위기의 순간이다. 방학식날 "일기는 꼭 써라! 안 쓴 놈 엄청 혼날 거야!" 하고 교실에 울려 퍼지던 담임선생님의 목소리가 다시 가슴속에서 메아리친다. 그리고 구슬치기 하느라 청소 안 하고 도망가서 선생님께 몇 대 맞은 적이 있었는데 정말 아팠던 기억도 떠오른다.

그냥 눈물이 뚝뚝 난다. 내가 낼 수 있는 최대한 불쌍한 소리로 엉엉 울고 있으니 엄마가 다가와 이미 숙제 끝내고 놀고 있는 바지런한 두 살 위의 누나에게 숙제 좀 도와주라고 한다. 나의 작전이 통했다. 자기 숙제는 자기가 하는 것이지 왜 내가 해야 하냐고 따지던 누나도 엄마의 간곡한 부탁에 마지못해 연필을 잡는다. 당시 초등학교 4학년이던 누나는 얼마나 내가 미웠을까!

다신 해주는 일 없을 거라고 투덜거리며 누나는 나의 일기장에 사실과 허구가 뒤범벅이 된 이야기를 채워나갔다. 누나 덕에 나는 한 달간의 일기를 뚝딱 이틀 만에 다 써서 무사히 제출할 수 있었다. 2학년 겨울 방학 때도 똑같은 수법에 넘어간 누나는 대신 내 일기를 써주었다. 그 후 대학 리포트도 몇 개 써준 것 같은데 이건 없던 일로 하겠다. 기억이 안 난다고 시침 뚝 떼야겠다.

나의 대필을 담당했던 누나는 시간이 지나 대학교에서 학보사 기자를 하였고 그곳에서 매형도 만났고 졸업 후 대기업 홍보실에서도 근무하게 되었다. 아는지 모르는지 모르겠지만 누나가 그렇게 잘 살게 된 건 다 나의 덕분이다. 누나의 글쓰기 솜씨는 전적으로 내가 만든 것이다. 누나가 살아온 멋진 인생의 일부는 나로 인해 만들어졌다.

내 글로 채워진 이 책을 본다면 막내누나는 엄청 크게 웃을 것이다. 비웃음인지, 축하의 웃음인지는 모르겠지만.

아무튼 누나, 고마워!

-대작(代作) 사건으로 세상이 시끄러운 날의 고백!

부치지 못한 편지

M에게

잘 계신지요.

무소식이 희소식이라고, 저는 잘 있습니다.

혼자 잘 노는 편이지만 슬슬 친구 생각, 짜장면, 순댓국, 족발, 해물찜 생각이 나네요. 그래도 가장 그리운 것은 친구입니다. M도 그립구요.

제게 꽤 친했던 친구가 있었죠. 초등학교 육 학년 때 일이니 벌써 30년쯤 된 이야기이네요. 그 친구는 키가 벌써 170센티쯤 되었고 제법 어른스런 생각과 밝은 성격을 지녀 다른 친구들도 매우 좋아했던 친구였습니다. 그 친구 집과 우리 집은 거리가 100미터 정도로 가까웠고, 누나들끼리도 친구 사이였습니다. 저와 M도 가장 친한 친구로 즐거운 시절을 보냈었죠.

어느 날 친구가 아버지를 따라 외국 어디로 이민을 떠났습니다. 잘 기억은 안 나지만 동남아 어느 건설 현장의 감독관으로 가신다고 했던 것 같습니다. 지금이야 외국 가는 일이 흔한 일이지만 그때만 해도 전교에서 처음 있는 일이었습니다. 굉장히 부럽기도 하고 슬프기도 했었죠. 어린 마음에도 헤어지면 다시는 만날 수 없을 것 같은 기분이 들어 많이도 울었지요.

떠나간 며칠 뒤 학교로 그곳에 잘 도착했다는 편지가 왔습니다. 특별히 제 이름은 다른 친구들보다 몇 번이고 더 많이 편지에 담겨 있었고 또 따로 편지를 받기도 했죠. 선생님께선 답장을 단체로 보낼 테니 각자 편지를 써 오라고 하셨습니다.

며칠 후 모두 예쁜 그림이 있는 편지지에 정성이 가득 담긴 편지를 써서 선생님께 제출했습니다. 그런데 저는 그 친구에게 답장을 부치지 못했습니다. 무진장 혼났습니다. 선생님께서도 당연히 둘의 관계를 알고 계셨으니까요.

안 쓴 것이 아니었습니다. 코딱지만 한 나이였음에도 불구하고 가슴 절절한 구슬픈 사연들과 함께 커서 꼭 다시 만나자는 굳은 서약까지 장문의 글로 꽉꽉 채웠지요.

당시 우리 집 누이가 외국에서 공부하고 있을 때였습니다. 가난한 집의 가난한 유학생이었습니다. 누이는 정이 많아 자주 집으로 편지를 했습니다. 누이는 항상 얇고 투명한 습자지에 빈틈없이 빼곡하게 글씨를 써서 부모님과 가족들에게 근황을 전하고 가족의 안녕을 빌었지요. 집에서도 그 종이로 답장했고요. 그래서 저는 당연히 외국에 보내는 편지는 꼭 그 종이에 써야 한다고 생각했고, 그 새털보다 가벼운 종이에 글을 가득 담았죠. 그 종이는 너무 얇아 펜에 조금이라도 힘을 주면 구멍이 날 정도였습니다. 밤새 얼마나 열심히 썼는지 아직도 그날 밤이 생생합니다.

하지만 저는 친구들의 예쁜 편지지에 기가 눌려 그만 편지를 가방에서 꺼내지 못했습니다. 꺼내기가 창피했습니다. 왜 그랬는지 지금도 후회됩니다. 왜 당당하지 못했을까요. 치졸한 제 모습에 지금도 분통이 터집니다. 아마 그 친구는 제게 엄청난 실망과 배신감을 느꼈을 것입니다.

친구는 제 맘을 알까요. 지나간 일 후회한들 무슨 소용이 있겠습니까만, 제 삶에서 가장 후회되는 일이라 아직까지도 가슴 깊이 응어리로 남아 있네요.

이젠 후회할 일 안 합니다. 있는 그대로 보여줄 생각입니다.
당신도 제게 맘 숨기지 마세요. 지나면 후회합니다.

오늘 밤 이곳 풍기에도 달님이 오셨네요. 달님께 부탁해 그곳으로 제 사랑의 편지를 부쳤으니 내일 받거든 꼭 답장 바랍니다.

목이 빠지도록 기다리고 있을 것입니다.

지나간 친구처럼.

풍기 새벽닭 올림.

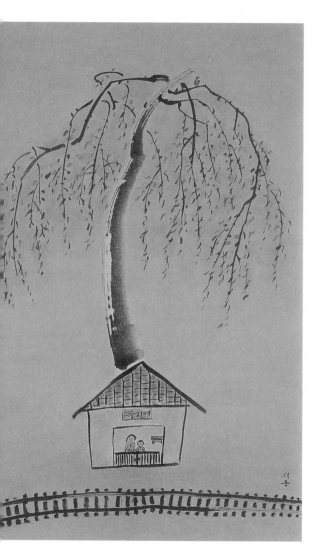

사랑의 냄새

500미터 앞 신작로로 자전거가 날쌔게 달려 간다. 뒷모습이 꼭 울 아부지 같다.
아부지 냄새가 남풍을 타고 내게 날아오는 걸 보니 울 아부지가 확실 하다!
어서 쫓아가야지!

예전 청량리역에 엄마 를 마중 나가면 한꺼번 에 개찰구로 나오는 인 파 속에서도 엄마를 금 방 찾아낼 수 있어 참 신기한 일이라고 생각 했다.
아마도 사랑의 냄새가 내게로 날아오기 때문 인 것 같다.

니 아부지 뭐 하시노?

　아침 조례 시간에 담임선생님께서 부모님 직업을 조사하셨다. 고등학교 때였으니 벌써 20여 년도 훨씬 지난 일이다. '사생활 보호'와 같은 꿈같은 단어는 들어본 적도 없던 시절이었고 그저 선생님께서 직업을 호명하면 그 직업에 해당되는 친구들이 하나둘 버쩍버쩍 손을 들었다. 마지막까지 해당되지 않은 나는 "기타 학생 손들어!" 했을 때 홀로 쭈뼛거리며 손을 들었다.

　선생님께선 정말 영화 속 한 장면처럼 "니 아부지 뭐 하시노?"라는 대사를 세련된 서울말로 내게 물으셨고, 나는 죄 지은 고양이마냥 기어들어가는 목소리로 "농사짓는데요!"라고 대답했다. 서울에서 제일 큰 아파트단지 옆 학교였으니 '농부'라는 직업에 반 친구들 시선이 단숨에 내게로 쏠렸고 나는 왠지 모르게 주눅이 들고 창피해서 낯이 화끈거렸다.

아무도 신경 쓰지 않았지만 혼자 괜한 부끄러움에 하루 종일 기분이 내려앉았다. 직업에 귀천이 없다곤 하지만 당시 내 머릿속에서 '농사'는 못 배운 사람들이 택하는 일이었고 할 일이 마땅치 않은 사람들이 마지못해 택하는 일이었다. 하지만 나의 아버지는 못 배우시지도 않았고 동네에선 꽤 너른 땅에 농사짓는 부농인 편이었는데, 그런 아버지가 '농부'라는 것은 사춘기 소년에겐 늘 불만거리였다. 그리 많은 직업 중에 왜 하필 농부가 우리 아버지 직업인지, 삐딱한 마음을 꽤 오랫동안 품고 있었다. 그리고 커서 나는 절대로 농부가 되지 않을 거라고 다짐했었다.

농부인 나의 아버지! 해도 뜨기 전에 시작되는 하루 일과는 어둠이 밭에 다 깔려서야 끝이 난다. 사람인지 귀신인지 구별이 안 될 정도로 땀범벅이 되어 흙발로 술에 취한 사람마냥 비틀거리며 돌아와 저녁상에 오른 독한 소주를 "카아!" 소리와 함께 단숨에 들이켜고 주무신다. 생의 기쁨과 감사가 담긴 술잔이 아니라 고된 노동의 한풀이요, 병원 약 대신이다.

농사가 큰돈이 안 되다 보니 아버지는 남들보다 더욱 일을 많이 하셨다. 내 기억 속에서 아버지는 평생 호미와 삽자루를 쥔 모습으로만 떠오른다. 이러한 희생 덕에 나의 형제들은 자신이 원하는 만

큰 배움의 기회를 가질 수 있었고 모두 잘 먹고 잘 살게 되었다. 농사로 번 돈으로 자식 농사까지 잘 지었으니 아버지 또한 잘 살았다고 뿌듯해 하신다.

자랑스러운 나의 아버지이지만 지금도 당신처럼 살고 싶진 않다. 내가 어릴 적 상상했던 이상적인 농부의 모습은 이랬다. 빳빳한 모자에 멋지게 물 빠진 멜빵 청바지를 입고 복날 잡아먹기 위한 동물이 아닌 한 가족으로서 양과 염소, 거위와 닭들을 농장에서 돌보며, 큰 창고엔 한 시간 정도면 밭을 다 관리할 수 있는 다목적 트랙터와 힘 좋은 트럭 등 각종 농기계와 장비가 가득하고, 석양이 질 무렵 편안한 야외 의자에 앉아 귀티 나는 보더콜리 목장견을 쓰다듬으며 천천히 맥주를 마시는 모습. 나의 아버지와 같은 모습은 아니었다.

자식들 다 키우고 살 만한 지금도 아버지는 오래된 연장과 낡은 관리기를 이끌고 여전히 밭을 일구신다. 어찌하다 보니 나는 오래전 다짐과는 달리 아버지 옆에서 농사도 짓고 그림도 그리는 화가가 되었다.

농사짓는 일은 힘들다. 선뜻 '전업농부'라는 직업을 선택하는 게 무섭다. 가장 고귀한 일이고 필요한 일인데 아버지의 옛 모습에, 노동에 비해 형편없는 대가에 항상 망설여진다. 머릿속에 그렸던 농부의 모습은 정말 꿈속에서나 가능한 일일까?

젊은이가 농사를 짓겠다고 시골 동네에 들어오면 내가 처음 동네 어른께 들었던 "쯧쯧쯧!"이 아닌 "잘 내려왔네!"라는 말을 듣는 세상이 얼른 왔으면 좋겠다. "니 아부지 뭐 하시노?"라는 선생님의 물음에 "우리 아부지 농부요!"라고 외치면 친구들이 부러운 눈길로 바라보는 세상이면 좋겠다.

울 엄마

새벽 4시.

손 기름 반짝반짝한 염주를 한 시간쯤 돌리신 후 아침밥 올리고 밭에 나가 아침 일 하시고, 밥 차리고 아침 식사 후 설거지 하시고, 달달한 커피 한잔 하시고 빨래하고 청소하고 또 밭일하시고.

장날 고등어 사러 가신다며 검버섯 가득한 얼굴에 입술보다 크게 빨간 립스틱 찐하게 바르고, 장 보고 와서 또 일하시고.

점심 때 김치 떨어졌으니 급하게 겉절이 만드시고, 오후 햇살에 졸음이 오면 아침보다 더 진한 커피에 큰 숟가락으로 설탕 왕창 넣어서 후루룩 단숨에 마시고 벌떡 일어나 또 일하러 나가시고.

저녁 어둠이 내리면 흙발로 후다닥 들어오셔서 또 저녁밥 지으시고.

저녁 8시 45분.

일일 드라마 속 진주목걸이를 치렁치렁 두른 사모님의 찢어지는 목소리에도 입 헤벌리고 잘도 주무신다.

생일

아침부터 가족들의 생일 축하 메시지가 요란스럽게 울린다. 음력 정월 대보름이 내 생일이니 가족들 모두 까먹을 수가 없다. 보통 설날이나 추석에 태어나면 차례상이 먼저라 약간은 소외감을 느낄 테지만 나는 달이 훤한 날, 그것도 중천에 떠서 온 세상 환하게 비추는 시각에 태어나 항상 빛나게 살 것이라고 부모님께서 말씀하셨다.

하지만 막내로 태어난 것은 억울하다. 만약 첫째로 태어났으면 엄마랑 이 세상에서 더 오랫동안 더 많은 시간을 보낼 수 있었을 텐데……. 다음 생에는 꼭 첫째로 태어나고 싶다.

소라와 하늘이

아이들과 미술 수업이 있어 집을 비워야 했다.

불안하다.

배를 만져보니 어제보다도 꿈틀거림이 더 심해졌다. 함께 아침 산책을 할 때 평소와 같이 팔딱팔딱 잘 뛰어서 약간 안심이 됐지만, 잠시 집을 비운 사이에 뭔 일이라도 생길까 봐 노심초사했다. 수의사 선생님도 소라는 세상에서 제일 예민한 친구라 세심한 주의가 필요하다고 늘 말씀하셨을 정도로 별난 녀석이라, 혹 집을 비운 사이 홀로 새끼를 낳을까 봐 마음이 조마조마하다.

나는 개를 좋아하지만 안아주거나 집 안에서 키우는 것을 싫어한다. 어릴 적 옆집 개한테 물렸던 기억과 집에서 키우던 내 몸집보다 두 배나 큰 셰퍼드 검둥이의 목줄에 몇 시간 동안 끌려 다녔던 기억

때문이기도 하고, 개털에서 나는 꼴꼴한 냄새와 개에 붙어사는 기생충에 대한 거부감이 있어 안아주거나 가까이하기를 꺼린다. 그렇지만 개를 싫어하는 것은 결코 아니어서, 그냥 무심한 듯 밥 챙겨주고 가끔 쓰다듬어주는 정도이다. 개를 좋아하고 가끔 키우던 개들을 모델로 그림을 그리는 아내와 결혼한 후에도 상황은 그리 변하지 않았다.

그러던 어느 날, 아버지 말동무이신 옆집 교수님께서 과수원이 빈 후 아버지가 적적하실까 봐 근처 슈퍼마켓에서 생후 한 달 조금 넘은 예쁜 강아지를 데리고 오셨다. 아직 젖비린내가 폴폴 나는 강아지인데 자꾸 내 품에 안기고 파고든다.

처음엔 아무리 귀엽고 애교를 떨어도 무언가 내 살에 닿는 것에 대한 거부감이 쉽게 지워지지 않았다. 어린 것이 얼마나 무서우면 자꾸 품에 파고들까 하는 생각에도 나는 싫었다. 집 안에서 키우자는 가족들 의견에도 단호히 반대했다. 개는 개이고 사람은 사람이니까!

하지만 27단쯤 되는 애교와 사랑스런 눈빛에 나는 조금씩 변하기 시작했다. 이름도 붙였다. 당시 저녁 일일 드라마 여주인공에게 푹 빠져 살고 있었는데, 그 배우 이름이 '강소라'였다. 드라마에서 매우 씩씩하고 용감한 배역이었고 내 성도 강씨이니 마침 딱이다.

게다가 예쁘기도 하다. 나는 소라를 꼭 껴안고 뽀뽀도 해주었다.

식구가 되기 위해서는 서로의 희생이 필요한 것 같다. 밥을 챙겨주고 주위 환경을 정리해주고 함께 산책하는 등 해야 할 일이 배로 늘어났다. 게으른 내게는 생각보다 꽤 힘든 일이었지만 부산히 움직이다 보니 살도 빠지고 함께 산책하는 일이 즐거워지기 시작했다. 그리고 자꾸만 내 품에 들어오니 개에 대한 나의 오래된 편견도 지워지기 시작했다. 화실에 들어와 재롱도 떨고 때론 말벗도 되어주고 추울 땐 서로의 난로도 되어준다. 어딜 다녀오면 꼬리를 제트기 엔진처럼 빨리 돌리며 나를 반겨주니 이보다 더 고마울 수가 있겠는가.

밤사이 세상모르게 소라가 새끼를 낳았다. 세 마리이다. 아침에 소고기와 북어를 넣은 미역국을 끓여주며 "장하다. 우리 소라!"라고 말해주었다. 꼭 손주를 본 느낌이다.

며칠 후 성별을 보니 수컷 한 마리와 암컷 둘이다. 이름도 얼른 지어주었다. 강하늘, 강수지, 강수정(애는 나중에 다리 털 색깔이 꼭 양말을 신은 것 같아 강싹수로 개명했다). 가족이 많이 생겨 기분이 좋다.

수컷인 하늘이는 암컷인 수지와 싹수보다 조금 더 크다. 힘도 제일 세서 잘 놀다가도 형제들을 괴롭히기도 한다. 셋 다 예쁘긴 하지만 내 속마음은 요즘 하늘이가 제일 예쁘다. 개들의 코는 대부분 까만데 하늘이의 코는 항상 빨갛다. 그리고 검은색이 반쯤 벗겨져 있다. 처음엔 어디 아픈가 해서 걱정도 되었지만 최근 그 이유를 알았다. 밥이나 간식을 주면 수지와 싹수는 누가 빼앗아 먹을까 봐 순식간에 먹어 치운다. 하지만 하늘이는 항상 땅속 저장고에 먹을 걸 저금하느라 코가 그렇게 된 것이다. 그래서 기특하고 더 예쁘다.

　잠시 나갔다 온 사이 나의 똥강아지들이 그림 그리려고 펼쳐놓은 한지에 똥을 한 무더기 싸놓고 좋다며 꼬랑지를 살랑살랑 흔든다.
　아하! 내가 못산다.

• 얼마 전 어미 개 소라는 그만 무지개다리를 건넜습니다.
슬프지만 다시 만날 때까지 안녕히.

당신도 제게 맘 숨기지 마세요. 지나면 후회합니다.

크리스마스 선물

나에겐 꽤 특별한 능력이 있었다.

조금 이르긴 했지만 초등학교 1학년 무렵 고스톱을 배웠고 카드 놀이 방법도 초등학교 2학년 때 이미 다 익혔다. 초등학교 3학년 시절엔 친구들이나 한두 살 위의 형들과 붙어 진 적이 없을 정도로 강한 승부욕과 대담성을 갖춘 소년 '도신'으로 통했다. 사실 내 주변 애들은 내가 다 가르쳐주었고 기술도 나한테 배웠으니 그들을 상대하는 건 참 쉬운 일이었다.

이것뿐만 아니라 나는 딱지와 구슬치기에도 탁월한 능력을 가진 소년이었다. 농한기엔 아이들도 모두 한가해 딱히 약속시간을 정하지 않아도 동네 골목길이나 학교 으슥한 곳에 주머니 가득 구슬과 딱지를 넣고 비장한 마음으로 하나 둘 모여들었다.

우리는 모두 한강을 차지하기 위한 삼국 시대의 장수들처럼 일전을 벌였다. 모두 손이 추위에 부르터 봄까지 피딱지가 생길 정도로 꽤 후유증이 컸지만 구멍까기, 삼치기, 뒤집기, 벽치기, 세모치기, 다이아몬드 등의 게임을 하며 상대의 딱지 한 장과 구슬 하나를 따기 위해 목숨을 걸었다.

당시 나의 구슬치기 실력은 내가 생각해도 대단했다. 특히 구멍까기 실력은 던졌다 하면 일타 3구슬, 4구슬이었다. 그리고 삼치기를 할 때도 심리 싸움에 매우 능하고 대담성도 있어 날마다 가방 한가득 구슬을 따서 승전가를 부르며 어둑어둑할 때 집으로 당당하게 돌아왔다.

공부는 안 하고 날마다 구슬치기와 딱지 따먹기에 열중하던 나는 부모님께 혼날까 봐 몰래 과수원 한구석 땅속에 나의 보물함을 만들어 야금야금 전리품들을 모아두기 시작했는데, 3학년이 끝날 무렵엔 구슬은 3,000개, 만화딱지는 8,000장을 소유하게 되었다. 코딱지만 한 아이들 세상에선 어마어마한 부자가 된 것이다. 지금으로 따지면 시골 동네의 빌 게이츠 아니면 저커버그 정도 되지 않을까 싶다. 나중엔 가난한 형들이나 친구들을 대상으로 고리대금업자 같은 역할까지 할 정도로 구슬, 딱지 부자였으니 내가 생각해도 정말 화려한 시절이었다. 어쩌면 이때가 나의 최전성기가 아니었을까 가끔 혼자 생각해보곤 한다.

점점 늘어나는 나의 재산들을 세어보고 헌 딱지, 새 딱지 분리하고 관리하느라 하마터면 동상이 걸릴 뻔도 했었다. 이 많은 딱지와 구슬을 열심히 관리한 덕에 학교 산수 시험은 공부 하나 안 하고도 백점을 맞았다. 그 나이엔 백 단위이면 엄청 큰 수였는데 나는 천 단위에서 놀았으니 학교 시험 정도는 식은 죽 먹기였다.

아무튼 날마다 보물함을 열어 보며 세상 다 가진 것처럼 행복함에 빠져 살고 있었는데 어느 겨울날 누나가 야구 글러브를 선물로 준 덕에 그날부터 야구에 빠져 이 타짜 시절을 마감할 수 있었다. 당시로선 왼손잡이용 글러브가 굉장히 귀하던 시절이라 이 글러브를 소유했다는 것만으로 5, 6학년 형들과 함께 야구를 할 수 있었으니, 딱지치기와 구슬치기는 한순간에 관심 밖의 시시한 놀이로 바뀌었다. 게다가 구슬치기로 연마한 나의 팔 근육과 집중력은 야구 시합에서도 발휘되어 형들로부터 매우 귀여움을 받았다.

그해 크리스마스에 나는 과감한 결단을 내렸다.

사과 상자에 내 딱지와 구슬을 전부 넣은 뒤 자전거에 싣고 교회로 향했다. 그동안 나에게 수많은 구슬을 잃었던 친구들과 동생들에게 골고루 크리스마스 선물로 나눠주고 나의 골목길 인생을 정리

해버린 것이다. 아까운 생각이 들었지만 더 이상 재미도 없었고, 나중에 죽어서 천국에 못갈까 봐 그랬다. 맨날 구슬 얻으러 온 친구를 매몰차게 대한 것도 미안했고 나에게 딱지를 잃은 친구들이 하느님께 '나쁜 놈'이라고 일러서 지옥에 떨어지면 어쩌나 하는 생각이 밤마다 들었기 때문이다.

다 나눠주고 나니 홀가분한 생각이 들었다. 더 이상 누가 훔쳐 가지는 않나 노심초사할 일도 없었고 정당하게(?) 따긴 했지만 많이 잃은 친구들에게 더 이상 미움을 받지 않아도 되었으니 말이다. 내 구슬과 딱지를 받은 애들이 즐겁게 노는 걸 보니 이제 천국에 갈 수 있을 것 같아 행복했다. 그리고 며칠 뒤 나에게 구슬을 얻은 친구 놈 하나가 보름달 빵과 바나나 우유를 사줘 골목길에서 따사로운 햇볕을 받으며 맛있게 먹은 기억이 새록새록하다. 천국에 가기 위한 사심이 가득 담긴 나눔이었지만 아마 이것이 나의 첫 번째 나눔이었을 것이다.

오늘 나는 청국장을 만들었다.

올해도 많은 사람들에게 신세를 지고 도움을 받았다. 받은 것만큼 돌려드리고 싶고 더 나눠주고 싶은데 항상 마음뿐이라 죄송스럽다. 그래서 고마운 분들께 소박하게나마 청국장을 만들어 크리스마스 선물로 드리고 또 주위 사람들과 함께 나눠 먹을 생각이다.

물론 여전히 사심이 가득한 선물이다. 나의 나눔을 하느님께서 나중에 꼭 기억해주셨으면 하는 바람이다.

모두 "메리 크리스마스!"

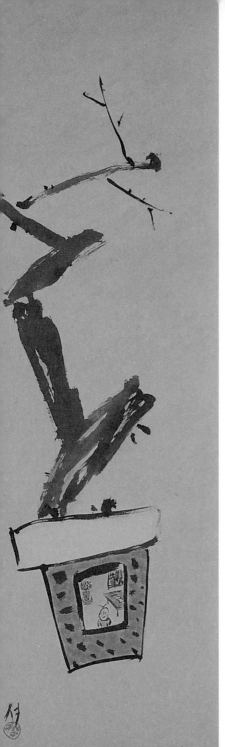

욕심

집사람 전시 일로 명동성당에 다녀왔다.
25년 전에 한 번 가보고 이번이 두 번째다.
그땐 아무것도 빌지 않고 '여기가 바로 땅값 비싼
명동이구나!'라고만 생각했었다.
하지만 최근 빌어야 할 소원이 백 가지도 넘게 쌓
였기에 이때다 싶어 손바닥을 있는 힘껏 붙이고
마음속으로 빌고 왔다.

'만약 하느님께서 저를 어여삐 생각하신다면
많이 안 바라겠습니다.
백 가지 소원 중에 딱 세 가지만 들어주시면
정말 감사하겠습니다.
나머지는 제가 알아서 처리하겠습니다.
저는 욕심스럽지 않습니다!'

*기도를 하는 곳에 가면 언제나 조금 착해지는 것
같다. 그래서 항상 그곳에 계시는 수녀님들이 그토
록 선하신가 보다. 어제 뵈었던 길 잃은 아이들의
엄마 성가정입양원 수녀님이 천사처럼 보였다.

세 번째 복의 시작

마흔이 넘어서도 별 탈 없이 건강하게 잘 지내는 것 보면 나는 행운과 복을 듬뿍 받은 행복한 사람이다. 행운과 복! 누구에게나 하늘이 큰 복 세 개는 준다고 한다. 언제 어디서 뚝 떨어질지 모르는 이것을 잘 잡아야 하는데, 나는 이미 두 개는 놓치지 않고 잘 잡은 것 같다.

그중 첫 번째 복은 공부를 잘 못해서 얻은 복이다.

고등학교 1학년 기말고사 성적표를 받고는 눈앞이 깜깜했었다. 쉬운 문제 몇 개 풀곤 답안지에 한 줄로 쫘악 찍고 엎어져 잤으니 수학, 영어 성적이 바닥을 치는 건 당연한 결과였고 이 성적으론 대학 근처에도 못 갈 것 같아 난생 처음으로 꽤 오랫동안 심각하게 고민했다. 엉킨 실타래처럼 꼬아놓은 수학 공식과 꼬부랑 알파벳이랑 친해질 자신이 없었기에, 좀 만만해 보이는 미대를 가야겠다고 결

심했다(지금은 미대 들어가는 것이 무척 어렵지만 당시엔 지금보다는 쉽게 들어갈 수 있었다). 창피하지만 누구처럼 그림이 좋아 화가의 꿈을 키운 게 아니다.

지금 생각해보면 이때의 선택이 내 인생에서 가장 똑똑한 판단이었고 최상의 선택이었다. 소질과 끼가 있는지는 여전히 잘 모르지만 이 일은 내게 즐거움이자 최고의 행복이 되어주었다. 내 맘대로 내 세상을 그리니 이것보다 신나는 일은 아마도 없을 것이다. '가난'이라는 보따리를 짊어지고 살겠지만 다시 태어난다고 해도 아마 화가라는 직업을 주저 없이 또 선택할 것이고 지금처럼 재미나게 그림 그리며 살 것이다. 비록 공부를 못해 시작하게 된 화가의 길이지만, 이것이 나의 첫 번째 큰 복과 행운이다.

두 번째 큰 행운은 시골살이다.

20대 후반 당시 뭔 자신감이었는지 모르겠지만 시골에 가서도 충분히 잘할 수 있을 거라 생각했다. 딱히 그림 그리는 일을 도시에 머물며 하지 않아도 될 것 같았고, 부모님과 함께 살며 충분히 그림도 그릴 수 있을 거라 생각했다. 뜻하지 않게 생계를 위해 사과장수도 해보고 매실장수도 했는데 이런 사건들은 내 인생에서 가장 재미난 일 중 하나가 되었다.

계절의 변화를 가까이에서 보고 느낄 수 있어 행복하고 눈만 뜨면 푸른 자연을 볼 수 있고 쩍쩍거리는 새소리, 시원한 바람 소리 들을 수 있어 좋고, 싱싱하고 파릇한 연둣빛 채소와 싱그러운 과일 등 건강한 먹을거리를 맘껏 즐길 수 있어 행복하다. 물론 햄버거를 맘껏 못 먹는 게 아쉽긴 하지만. 무엇보다도 정말 열심히 사신 아부지, 엄마와 함께 한집에 살았던 건 큰 축복이었다.

7남매 중 막내로 태어나 사랑을 많이 받고 자랐지만, 한때 막내여서 부모님과 좀 더 많은 시간을 함께하지 못한다는 것을 억울해한 적이 있다. 그런데 시골살이 덕분에 부모님과 많은 추억을 만들고 행복한 시간을 가져 감사하다. 물론 살다 보면 힘든 일도 많지만 그 힘든 상황들이 지금은 오히려 고맙다. 그 시간들이 나를 단단하게 만들어주었고 가족과의 아름다운 추억도 만들어주었으니 나는 복 받은 사람이다.

이 책은 이 두 행운과 복이 가져다준 결과물이다.

점점 텔레비전 소리가 커져가는 아부지 방. 구십둘 아부지께서 아직 듣고 보실 수 있을 때 책을 내준 샘터사에 감사하다.

그리고 상처받아 눈물이 마르지 않던 밤! 장영희 선생님과 함께 시를 읽으며 눈물을 가슴에 담았고 법정 스님, 이해인 수녀님의 따스한 위로에 곤히 잠들 수 있었다. 샘터의 많은 책들이 나를 조금 더 착하게 만들어주었고, 엄마의 따스한 손길처럼 내 속의 화를 토닥여주었다. 이런 고마운 출판사에서 책을 내게 되어 기쁘다. 나의 책도 지치고 힘든 누군가에게 위로가 되었으면 좋겠고 따스한 온기로 남았으면 좋겠다.

주머니 사정이 넉넉하다면 내 책을 내가 다 사들여 사랑하는 사람들에게 나눠주고 싶다. 며칠 전 언제나 걱정거리인 동생의 안부를 묻는 누나의 전화에 곧 책이 나올 건데 동생을 위해 누나가 책을 많이 사야 한다고 농을 쳤다. 착한 누나는 밤늦게 전화해서 "요즘 나 돈이 얼마 없는데!"라며 슬퍼한다. 또 장난기가 발동한 나는 "그럼 동생 책이니 딱 세 권 사서 사랑하는 사람들과 나눠 보라"고 차갑게 얘기했다. 그러자 누나가 "고마워!" 한다.

어쩌면 이 책은 나의 세 번째 행운과 복의 시작일 것 같은 예감이 든다. 언제 철이 들지 모르겠지만 나는 오늘이 행복하기 '딱 좋은 날'이다.

• 미처 느끼지 못하고 보이는 않는 곳에서도 내게 사랑을 베풀어준 모든 분과 모든 것에 감사하다. 그리고 이 책을 읽는 독자 분께도 행운과 복이 가득하시길 기도드린다.

1판 1쇄 인쇄 2017년 9월 18일
1판 1쇄 발행 2017년 9월 25일

지은이 강석문
펴낸이 김성구

책임 편집 박혜란
단행본부 이은정 김민기 나성우 김동규
디자인 홍석훈 문인순
제 작 신태섭
마케팅 최윤호 송영호 유지혜
관 리 노신영

펴낸곳 (주)샘터사
등 록 2001년 10월 15일 제1-2923호
주 소 서울시 종로구 대학로 116 (110-809)
전 화 02-763-8965(단행본팀) 02-763-8966(영업마케팅부)
팩 스 02-3672-1873 **이메일** book@isamtoh.com **홈페이지** www.isamtoh.com

ISBN 978-89-464-2071-7 03810

이 도서의 국립중앙도서관 출판시도서목록(CIP)은 e-CIP 홈페이지
(http://www.nl.go.kr/cip.php)에서 이용하실 수 있습니다. (CIP제어번호: CIP2017023497)

값은 뒤표지에 있습니다.
잘못 만들어진 책은 구입처에서 교환해 드립니다.